KB078273

FUSION FANTASTIC STORY

박선우 장편소설

스크린의 별 3

박선우 장편소설

초판 1쇄 찍은 날 § 2017년 10월 11일
초판 1쇄 펴낸 날 § 2017년 10월 18일

지은이 § 박선우
펴낸이 § 서경석

총괄팀장 § 최하나
편집책임 § 이지연

펴낸곳 § 도서출판 청어람
등록번호 § 제387-1999-000006호
등록일자 § 1999. 5. 31
어람번호 § 제1-2775호

주소 § 경기도 부천시 부일로 483번길 40 서경B/D 3F (우) 14640
전화 § 032-656-4452   팩스 § 032-656-4453
http://www.chungeoram.com
E-mail § chungeorambook@daum.net

ISBN 979-11-04-91476-8 04810
ISBN 979-11-04-91447-8 (세트)

스크린의 별

FUSION FANTASTIC STORY

박선우 장편소설

3

도서출판
청어
람

CONTENTS

제20장
오디션 |

　까만 어둠 속에 들어 있는 그녀의 모습이 별빛에 반사되어 눈으로 들어왔다.

　그녀가 왜 여기에 있는 것일까?

　강도영은 마치 거짓말처럼 나타난 그녀의 모습에 당황스러움을 감추지 못하고 제자리에 멈춰 서고 말았다.

　"놀랐어요?"

　"예."

　"도영 씨, 혹시 나를 귀신이라고 생각한 건 아니죠?"

　"혹시가 아니라 당연한 거 아닌가요? 민경 씨, 지금 하얀 옷을 입었잖아요."

강도영이 피식 웃으며 말을 하자 그녀의 입술 끝이 올라갔다.

농담을 농담으로 받아들이는 강도영의 행동이 오늘 아침과는 확연히 달랐기 때문이다.

아무런 말조차 하지 않고 시선을 외면하던 그의 행동에서 마음 한쪽이 불편했던 그녀였기에 지금의 웃음은 한 줄기 청량제처럼 느껴졌다.

"올라와요. 밤바다가 너무 아름다워요."

"그런데 여긴 어쩐 일로……."

"그냥요. 촬영이 끝나니까 허전하기도 해서……. 왠지 여기 있으면 도영 씨가 올 것 같기도 했고."

"날 기다렸다는 뜻으로 들리네요."

"내일이면 돌아가잖아요. 그래서 그냥 이야기나 나누고 싶었어요."

강도영이 옆에 앉는 것을 확인하며 그녀가 시선을 다시 바다로 돌렸다.

그녀의 말처럼 무언가를 잃어버린 듯한 허전한 모습.

배우는 하나의 작품이 끝날 때마다 인생을 잃어버린 듯한 감정을 갖는다고 하더니 그녀가 그런 것 같았다.

"도영 씨는 이제 돌아가면 뭐 할 건가요?"

"아직 정해진 스케줄이 없어요. 다시 극단으로 돌아가서 연기 공부를 더 할 생각이에요."

"그렇군요."

그녀가 고개를 돌려 강도영을 바라봤다.

쓸쓸하게 웃는 그의 모습에서 불안감이 느껴졌다.

배우로 데뷔를 했으나 일이 없어 고민하고 괴로워하는 신인을 수없이 봐왔으니 그의 마음이 어떤지 알 수 있을 것 같았다.

그녀는 이제 돌아가게 되면 또다시 눈코 뜰 새 없이 바쁘게 움직이며 스케줄을 소화해야 되지만 강도영은 인내의 시간 속에서 기약 없는 기다림을 가져야 할 것이다.

알고 있었으나 아는 체를 하고 싶지 않았다.

괜한 동정심은 독약으로 작용한다는 것을 배우로 활동하면서 여러 번 봐왔다.

"오늘 좋았어요."

"예?"

"도영 씨, 연기 정말 좋았다구요!"

"아… 민경 씨 연기도 좋았어요. 보는 내내 미소가 지어질 만큼 아름다웠고 영상에 맞는 표정과 웃음이 정말 예뻤어요."

"그런 말 들으려고 이야기 꺼낸 거 아니에요. 내가 6년 동안 배우 활동 하면서 수많은 남자 배우를 만났지만 오늘처럼 편하게 촬영한 건 처음인 것 같아요. 도영 씨는 분명히 성공할 거예요. 그런 표정 연기를 하는 건 정말 쉬운 일이 아니거든요."

"고마워요. 그렇게 얘기해 줘서."

"…우리 친구 할래요?"

"친구요?"

"왜 싫어요? 우린 나이가 같으니까 친구 할 수 있잖아요."

친구.

그녀의 입에서 친구란 말이 나왔다.

무슨 뜻으로 한 말인지 정확하게 알 수 없으나 그저 친구라는 단어만 들었을 뿐인데 온몸이 경직되었다.

강민경.

앞으로가 아니라 나는 예전부터 너의 친구였다. 단지 네가 몰랐을 뿐이지.

"친구 하면 손해 볼 텐데 괜찮겠어요?"

"무슨 손해?"

"민경 씨는 스타고 난 신인이잖아요."

"헐, 별걸 다 걱정하시네요."

"스캔들이 나도 난 신인이니까 괜찮지만 민경 씨는 아마 커다란 타격을 입을지 몰라요."

"누가 애인 하자고 그랬어요?"

"오해할 수도 있잖아요."

"걱정하지 마요. 연예부 기자들은 귀신같아서 친구와 애인을 구별하는 능력이 거의 점쟁이 수준이니까."

"그런데 왜 나하고 친구 할 생각을 했어요?"

"그냥… 도영 씨랑 친구 하면 재밌을 것 같아서……. 마음에 맞는 것도 같고."

"그렇게 생각해 주니 고맙네요. 좋아요, 그럼 우리 친구 해요."

＊　　　　＊　　　　＊

강도영이 출국장을 빠져나오자 기다리고 있던 서현탁이 이산가족 상봉을 하는 것처럼 뛰어 들어와 대뜸 끌어안으며 방방 떴다.

놈은 불과 4일 떨어져 있었을 뿐인데도 강도영의 모습이 보이자 죽은 아들 돌아온 것처럼 반가워했다.

"어디 보자, 얼굴이 좀 탄 건가?"

"인마, 선크림 잔뜩 바르고 다녔다. 네 눈이 삐어서 그렇게 보일 뿐이야."

"크크크… 촬영은 어땠어?"

"잘 끝났어. 감독님이 잘했다고 칭찬해 주시더라."

"정말?"

"응. 날 너무 잘 봐주셔서 없던 장면까지 추가로 촬영했어."

"어떤?"

가방을 받아 든 서현탁의 질문은 끝이 없었다.

놈은 따라가지 못한 서운함을 끝없는 질문으로 대신하고 있었다.

그리고 마지막, 강민경이 친구 하자는 말을 했다는 소리에 기어코 펄쩍펄쩍 뛰었다.

"그래서 어쨌는데?"

"친구 하기로 했어. 어차피 날 못 알아볼 테니까 괜찮을 것 같아서."

"걔 혹시 너 좋아하는 거 아냐?"

"미친놈아, 걔는 벌써 애인이 있더라."

"니가 어떻게 알아?"

"직접 봤다, 식당에서. 아주 멋진 남자였는데 핸섬하고 귀티가 잘잘 흐르더구만."

"아이고… 씨발, 첫사랑은 절대 안 엮여진다더니 맞는 말인가 보다. 우리 도영이 불쌍해서 어쩐다냐."

"불쌍하긴 뭐가 불쌍해. 사는 게 다 그런거지."

"안 서운했어?"

서현탁이 눈치를 보며 물었다.

놈은 강도영이 그녀를 짝사랑하면서 힘들게 가슴앓이를 했다는 걸 유일하게 아는 사람이었기에 표정이 슬며시 굳어졌다.

그랬기 때문일까. 서현탁을 바라보는 그의 표정도 슬그머니 어두워졌다.

"…서운했어."

"걔는 나이가 몇인데 벌써부터 연애질이라니. 하여간 어린 것이 웃겨, 홍!"

"스타잖아. 예쁘고, 상냥하고, 성격도 좋으니까 남자들이 좋아할 수밖에 없는 거 아니겠어. 괜히 민경이 욕하지 마라."

"얼씨구, 열남 났네. 열남 났어."

"인마, 얼른 택시나 잡아. 가서 맥주나 한잔하게."

"그런데 광고는 언제부터 시작된데? 어떻게 찍었는지 궁금해서 미치겠다."

"보름 정도 걸리나 봐. 들어가서 편집도 해야 하고. 광고주한테 통과해야 텔레비전에 때릴 수 있단다."

"다 찍었는데 뭐가 그리 오래 걸려. 한 이틀이면 되는 거 아냐?"

　　　*　　　　　*　　　　　*

정철기는 긴장된 시선으로 침을 꿀꺽 삼켰다.

천하의 베테랑인 그도 이 순간이 되면 언제나 긴장이 된다.

자신이 만들어낸 성과물이 선보이는 자리.

지금 동영그룹의 회의장에는 사장인 장창익을 비롯해서 수

많은 임원과 '원탑기획'의 사장까지 자리에 배석한 상태였다.

무려 15일 동안 편집 작업을 했다.

동영그룹과는 그동안 인연이 닿지 않아 한 번도 광고를 따내지 못했기 때문에 사장은 촬영 시작 전부터 안달복달하며 최대로 멋진 영상을 만들어내야 한다고 침을 튀겼었다.

이번 광고가 여기 모인 사람들의 마음을 사로잡는다면 앞으로 동영그룹의 많은 광고가 '원탑기획' 쪽으로 밀려들 가능성이 크기 때문이었다.

단상에 올라 가볍게 헛기침을 한 정철기가 어둠 속에서 눈을 빛내고 있는 사람들을 향해 천천히 입을 열었다.

"이번 광고의 콘셉트는 동영식품에서 신제품으로 출시한 커피의 특성을 최대한 반영하기 위해 자유로움과 여유, 부드러움과 사랑을 주제로 삼았습니다. 그래서 괌이란 휴양지를 배경으로 했으며 남녀 주인공의 운명적인 만남과 사랑을 통해 고객들에게 동영식품의 커피가 대한민국에서 가장 향기롭고 부드럽다는 것을 어필했습니다. 그럼 지금부터 광고를 보시겠습니다."

정철기가 말을 마치고 습관처럼 손가락을 튕기자 미리 내려와 있던 스크린이 밝아지며 영상이 펼쳐지기 시작했다.

푸른 바다, 그림처럼 펼쳐진 잔디밭과 그 속을 걷는 여인.

아름다운 여인의 걸음 속에는 일상에서 벗어난 한없는 자유로움과 기쁨이 숨겨져 있었고 여행이 남겨준 신기로움이 담겨져 있었다.

배경으로 깔린 음악은 'Tuck and Patti'의 'My Romance'였다.

아름다운 기타 선율.

그리고 그 속에서 피어난 연인들의 운명적인 만남.

영상의 한편에는 동영그룹의 신제품 커피 'LOVE'라는 자막이 천천히 내려가며 자연스럽게 시청자들의 시선을 잡아끌었다.

그러나 가장 결정적인 멘트는 마지막 장면에서 나온 남자 주인공의 햇살 같은 웃음과 대사였다.

"고마워요."

단순한 그 한 마디에 담겨 있는 광고의 절정.

동영그룹이 만들어낸 신제품 커피 'LOVE'가 지향하고 있는 모든 것이 마지막 햇살 같은 웃음과 멘트에 모두 담기며 사람들의 가슴속을 파고들었다.

영상이 끝나고 회의장에 불이 들어오는 순간 천천히 박수 소리가 일어나기 시작하더니 곧 거대한 소용돌이로 변했다.

사람들의 얼굴에 들어 있는 것은 더없는 만족감이었다.

광고 영상이 얼마나 만족스러웠는지는 동영식품의 사장 장창익의 활짝 웃는 웃음에서 단적으로 알 수 있었다.

"역시 원탑이군요. 이번 광고는 우리 신제품을 단연 돋보이게 만들 정도로 잘 만들어진 것 같습니다. 정 이사님!"

"예, 사장님."

"이 광고 당장 내일부터 전 방송사에 때리세요. 광고비는 얼마가 들어도 상관없습니다."

"알겠습니다."

*   *   *

손희숙은 저녁을 먹고 거실에 둘러앉은 가족들을 위해 커피를 탔다.

그녀의 나이 53살.

25살에 결혼해서 두 살 터울로 아이들을 낳았기 때문에 큰딸은 회사에 다녔고 둘째 딸은 대학 4학년에 재학 중이다.

아빠를 따라 어려서부터 믹스 커피를 마시는 게 버릇이 되었는지 가족들은 블랙커피는 입에도 대지 않는다.

"여기 커피 대령이오."

"당신은 나이가 들수록 점점 관록이 붙는 것 같아. 사극에 나오는 상궁하고 어쩜 목소리가 그렇게 똑같지?"

"이 양반이. 이왕이면 왕비라고 할 것이지. 커피 내뇨, 안 줘."

남편인 이정욱이 시비를 걸어오자 손희숙이 도끼눈을 부릅뜨고 내려놓았던 커피를 번쩍 들어 올렸다.

　그 모습을 보면서 두 딸이 킥킥대며 웃었다.

　"아빠가 잘못했네. 감히 중전한테 상궁이라니 어쩜 그럴 수가 있어. 엄마, 이럴 때 가만있으면 안 돼. 화끈하게 징계를 내려야 해."

　딸들이 엄마 편을 들자 눈치 빠른 이정욱이 즉시 꼬리를 내렸다.

　대학 교수인 그는 젊은이들과 생활해서 그런지 순발력이 무척 빨랐다.

　"중전마마, 소인이 잘못했사옵니다. 커피만은 돌려주시오."

　"진즉에 그럴 것이지. 까불고 있어. 한 번만 더 상궁 소리 해봐. 커피는 물론이고 밥도 안 준다."

　"아이고, 우리 마누라는 어째 나이가 들수록 저리 무서워지냐. 애들아, 니들은 절대로 그러지 마라. 저러면 사랑 못 받어."

　"아빠, 엄마한테 자꾸 대들지 마. 엄마는 엄청난 권력을 가지고 있는데 자꾸 대들면 불리해져요."

　"그러게 말이다."

　"어머, 저 광고는 처음 보는 거네?"

　언니와 아빠가 대화를 나누는 걸 웃으며 지켜보던 둘째 딸이 텔레비전에 시선을 돌리면서 화면을 가리켰다.

거기에는 괌의 아름다운 영상과 함께 'LOVE'라는 커피 광고가 흐르고 있었다.

"쟤 강민경이잖아. 드라마가 뜨더니 광고에 출연하네. 돈 많이 벌겠다."

"원래 드라마가 성공하면 배우들한테 광고가 엄청 들어가는 법이야. 아마 조금 있으면 몇 개 더 나올걸?"

"광고 잘 만들었네. 저 기타 음악은 뭐지? 상당히 아름다운데?"

"저기 괌이다. 나 저기 가봤어."

큰딸이 '사랑의 절벽'이 나오자 탄성을 질렀다.

그녀는 2년 전 괌에 다녀왔기 때문에 광고에 나온 장소들을 전부 꿰뚫고 있었다.

가족들이 전부 한마디씩 떠드는 동안 카페에 앉은 강민경을 향해 강도영이 다가서는 장면이 나왔다.

그리고 곧 이어진 마지막 엔딩 장면.

강도영이 나오는 순간부터 가족들의 대화는 끊겼고 어느새 화면에 빨려 들어가듯 시선을 집중하던 가족들의 입에서 탄성이 흘러나왔다.

특히, 손희숙을 비롯해서 두 딸은 강도영이 강민경을 향해 속삭이듯 흘려낸 한 마디에 충격을 받았는지 입을 벌린 채 아무 말도 하지 못하고 있었다.

그러나 침묵은 길지 않았다.

손희숙은 궁금증을 참지 못하겠다는 듯 큰딸을 향해 강도영의 정체에 대해서 물었다.

"쟤 영화배우니?"

"몰라, 처음 보는 사람이야."

"넌 젊은 애가 저렇게 잘생긴 애도 몰라? 그러니까 애인이 없지, 이것아!"

"거기서 애인 타령이 왜 나와? 애인 없는 것도 서러워죽겠는데."

"쟤 정말 괜찮다. 웃는 게 마치 솜사탕 같잖아. 난 저런 애 데리고 오면 무조건 찬성이야. 그러니까 어떻게 좀 해봐."

"이씨, 저런 애가 왜 나한테 와요. 시킬 걸 시켜야지! 엄마, 너무한 거 아냐?"

"네가 어때서?"

"아, 몰라. 아휴, 하여간 엄마 때문에 미치겠어."

"쩝, 알았다. 알았어. 그나저나 커피 바꿔야겠네. 저 커피 쟤처럼 부드러울 것 같지 않니?"

*   *   *

강우성은 연희대 신문방송학과에 진학해서 벌써 2학년째를 맞이하고 있었다.

그의 꿈은 멋진 기자가 되어 진실을 보도하고 정의를 실현하는 것이었기 때문에 과에 대한 고민을 해본 적이 없었다.

중고교 시절 내리 전교 1등을 차지했지만 항상 마음속에는 불안감이 들어 있었다.

가난한 집안 형편.

부모님은 그가 1등을 차지할 때마다 더없이 기뻐했지만 시간이 지나면서 그 불안감은 점점 커져갔다.

고생을 하시는 부모님은 가족을 건사하기 위해 최선을 다했다.

그럼에도 집안 형편은 나아질 기미를 보이지 않았다.

집을 마련하기 위해 은행에서 많은 돈을 융자받은 것과 두 아들을 돌보느라 부모님은 잠시도 쉬지 못하고 일을 했으나 언제나 가계는 마이너스를 기록했다.

천운일까.

형이 엔터테인먼트 회사와 계약했다면서 거액의 돈을 부모님께 줬다는 소리를 들었을 때 처음에는 믿지 못했다.

형은 대학로에서 연극을 하며 한 달에 백만 원 조금 넘는 월급을 받는다고 들었는데 어느 날 불쑥 스타가 된 것처럼 엄청난 계약금을 받았다는 게 너무나 이상했다.

그럼에도 형이 준 돈으로 금방 가정 형편이 좋아졌다.

밤늦게까지 두런거리며 그의 입학금과 등록금을 걱정하시던 부모님의 한숨이 사라졌고 엄마는 일을 그만두며 가정을 돌보기 시작했다.

형에 대한 의문은 한동안 인터넷을 강타했던 뮤직 비디오를 보면서 어느 정도 가라앉았다.

화면에 나오는 형의 모습은 정말 멋졌다.

남들이 과거 모습을 봤다면 기절할 정도로 외모가 변했기 때문에 형은 지금 완벽하게 다른 사람이 되어 있었다.

아빠는 어느 날부터 애지중지하며 간직하고 있던 가족사진을 불태우기 시작하셨다.

형의 모습이 나온 사진은 하나도 남기지 않고 불태웠는데 변한 형의 과거 모습을 누구에게도 보여주지 않으려는 것 같았다.

그가 대학교에 들어와 과외를 시작하자 집안 형편은 훨씬 더 좋아졌다.

형은 그 이후로 극단에서 연기 연습만 하며 돈을 벌어오지 못했지만 그가 대학에 진학한 후 과외를 하면서 생활비를 보탰기 때문에 가족의 얼굴에는 점점 웃음이 많아졌다.

대학에 들어오면서 여자들과 부딪칠 기회가 늘어났다.

특히 신방과는 여자들이 반이나 차지했는데 강우성은 수려

한 외모로 인기가 많았다.

소란스럽다.

겨울 방학 동안 얼굴을 보지 못했던 친구들이 오랜만에 뭉치자는 제안을 해서 맥주집에 들어온 건 벌써 삼십 분 전이었다.

대학생들이 자주 이용하는 학교 앞 맥주집은 방학인데도 사람들로 가득 차 시장통을 방불케 할 만큼 시끄러웠다.

이곳에 모인 과 친구들의 숫자는 열둘. 그중에는 김현지도 포함되어 있었다.

신방과의 꽃이라고 불릴 정도로 예쁜 그녀는 수많은 늑대의 접근을 원천 차단 한 채 지금까지 남자 친구를 만들지 않아서 남자들의 의혹을 샀다.

그녀가 자리를 옮겨 강우성에게 다가온 것은 맥주잔이 두 번이나 비워진 후였다.

"방학 동안 뭐 하고 지냈어?"

"과외. 우리 집은 넉넉지 못해서 부지런히 돈 벌어야 된다고 했잖아."

"그랬구나."

"넌?"

"여행 다녀왔어, 가족들이랑. 우리 집은 매년 방학 때 외국 여행을 가거든."

"어디 다녀왔는데?"

"괌에 다녀왔어. 괌 정말 예쁘고 좋더라. 볼 것도 많고 먹을 것도 많아서 정말 좋았어."

김현지가 강우성을 바라보며 활짝 웃었다.

그녀는 여행을 통해 얻은 추억이 아직도 머릿속에 그대로 남았던지 눈을 살짝 오므리며 입술을 핥았다.

"좋았겠다."

강우성이 쓴웃음을 지으며 맥주잔을 들었다.

가족들과의 여행.

그로서는 꿈도 꾸지 못할 일이었는데 그녀는 아무것도 아니라는 듯 웃으며 이야기를 했다.

"아직도 너 여자 친구 없지?"

"먹고살기도 힘든데 여자 친구를 어떻게 키우냐. 만약 사귀어도 나랑 사귀는 여자는 힘들 거야. 얼굴 보기 힘들 테니까."

"흐흥, 변명이 그럴 듯하네."

"그러는 넌 왜 아직도 남자 친구를 안 사귀지?"

"신입생 때 눈여겨보던 애가 아직도 접근을 안 해와서 기다리는 중이야. 1년이 넘었는데도 눈치가 없는 건지 내가 마음에 안 든 건지 깜깜무소식이네."

"천하의 김현지가 순애보를 쓰고 있는지 전혀 몰랐구나. 먼저 말해보지 그랬어."

"몇 번 눈치를 줘봤는데 먹통이야. 맨날 먹고살기 힘들다며 징징대기만 해."

"눈치가 없는 놈인 모양이군."

강우성은 빤히 바라보는 그녀의 시선을 피하며 중얼거렸다.

설마 했는데 나란 말인가?

정말 웃긴 일이다.

그토록 좋다며 따라다니는 놈들에게는 시선조차 주지 않던 그녀가 자신을 기다리고 있었다는 고백을 하다니…….

애써 그녀의 시선을 피하며 대화를 중단한 채 홀을 두리번 거렸다.

당황하거나 부끄러워 그런 것이 아니라 그녀의 도발적인 시선을 계속 보고 있으면 어떤 일이 벌어질지 두려웠기 때문이다.

그녀는 그만큼 아름답고 사랑스러운 여자였다.

홀을 두리번거리던 강우성의 시선이 멈춘 것은 벽에 걸려 있는 대형 화면에서 광고가 나오는 것을 본 후였다.

대학생들이 주로 이용하는 이곳은 팝 가수들의 영상과 뮤직 비디오를 틀어주거나 사람들의 관심이 집중되는 스포츠 경기를 중계해 주는 경우가 있었지만 광고가 나오는 건 처음 봤다.

아름다운 바다의 영상이 흐르고 그 속을 거니는 톱스타 강민경의 청초한 모습이 화면을 채우자 강우성은 와락 긴장한 눈으로 화면에 시선을 고정시켰다.

형은 꼼으로 광고를 찍으러 다녀왔는데 바로 화면에 나오는 강민경이 파트너였다는 말을 했었다.

강우성이 입을 다물고 화면에 시선을 고정시키자 옆에 있던 김현지가 의아한 눈으로 화면을 바라보다 불쑥 입을 열었다.

"어머, 저기 꼼이네."

그녀의 놀란 음성 때문일까. 주변에서 떠들던 친구들이 하나둘씩 벽에 걸린 스크린에 시선을 돌리기 시작했다.

그리고 얼마 지나지 않아 형의 모습이 화면을 채우기 시작했다.

형이다. 진짜 형이다.

심장이 거칠게 뛰면서 가슴이 울렁거렸다.

화면에서 본 형의 모습은 뮤직 비디오 때보다 훨씬 더 멋있어 보였는데 그토록 아름다웠던 강민경의 웃음이 자연스럽게 묻혀 버릴 정도였다.

"어머, 저 남자 누구야. 정말 멋있네."

화면을 바라보던 김현지가 손뼉을 치면서 감탄을 터뜨렸다.

그에 동조하며 자리에 같이 있던 여자들이 저마다 한마디씩 했다.

대답을 하려는 것이 아니었지만 자신도 모르게 불쑥 말이 튀어나왔다. 그만큼 화면에 나타난 형의 모습은 견딜 수 없을 정도로 자랑스러웠다.

"우리 형이야."

"뭐라고?"

"저 사람이 우리 형이라니까!"

*　　　　　*　　　　　*

강도영은 괌에서의 광고 촬영을 끝내고 버릇처럼 서현탁과 함께 극단으로 돌아왔다.

극단 비상은 그에게 고향과 같은 곳이기 때문에 연습실로 들어서자 마음이 편해졌다.

이곳에 오면 미래에 대한 불안감도 사람들 사이에서 생기는 불편함도 모두 사라진다.

강도영과 서현탁은 새로 시작하는 연극에 참여해서 배역을 맡았다.

광고 촬영을 마치고 돌아온 그들에게 단장인 한국영은 부탁이 아니라 협박을 해왔는데 일이 없을 때만 도와달라는 것이었다.

물론 연극에 참여하는 주연배우들이 있었으나 한국영은 강도영과 서현탁의 연기력을 썩히는 게 너무 아까웠던 모양이었다.

기꺼이 부탁을 들어주었다.

나름대로 보수까지 챙겨준다는 말을 했기 때문에 연기 연습을 하는 셈치고 연극에 참여하겠다는 약속을 했다.

당연히 일이 생기면 할 수 없다는 조건을 달았지만 한국영은 그들이 항복을 하자 두 손을 번쩍 들면서 기뻐했다.

연극에 대한 낯선 감정은 한 번도 생긴 적이 없다.

비록 일 년 넘도록 무대에 서지 않았으나 배우들과 함께 호흡하면서 연습을 해왔기 때문에 충분히 잘할 자신이 있었다.

당연히 윤철욱에게 이야기했다. 자신은 엄연히 '페이스'의 소속이라 계약에 위반되는 어떤 분쟁도 만들어서는 안 된다는 생각을 했기 때문이다.

윤철욱이 흔쾌히 허락을 한 것은 그의 스케줄이 전혀 잡혀 있지 않기 때문일 것이다.

광고가 화면을 타고 텔레비전에 방송되기 시작한 것은 삼일 전의 일이었다.

부모님을 비롯해서 동생인 강우성까지 난리를 피웠다.

뮤직 비디오와는 다르게 광고는 수시로 텔레비전에 나왔기 때문에 가족들은 그가 나온 광고를 보기 위해 수시로 채널을 돌리기까지 했다.

"어머, 우진 씨 짱이야. 정말 잘 나왔더라. 어쩜 그렇게 멋있어?"

"그만해요. 부끄럽잖아요."

정인화가 연습실 문을 열고 펄쩍펄쩍 뛰어 들어오며 소리를 쳤다.

그녀는 아직도 그의 이름을 우진이라 부른다.

"내가 알고 있는 사람이 텔레비전에 나와서 녹화까지 해놨어요. 너무너무 신기해서 사방팔방에 떠들고 다녔다니까."

"누나, 나를 좀 자랑하고 다녀봐. 이놈 말고."

"호호… 너는 내가 사랑해 주잖아."

흥분을 가라앉히지 못하는 정인화를 보며 서현탁이 불쑥 나서자 아이를 달래듯 그녀가 볼을 쓰다듬었다.

그들은 여전히 사랑 중이었고 점점 그 사랑이 깊어지는 것 같았다.

빙그레 웃으며 두 사람이 투닥거리는 모습을 지켜봤다.

사랑을 하는 사람들의 얼굴에는 언제나 행복한 웃음이 함께하는데 그들이 바로 그랬다.

띠리리링…….

주머니 속에 들어 있던 핸드폰이 울린 건 정인화가 사람들 쪽으로 걸어가며 그가 찍은 광고가 텔레비전에 나온 걸 자랑할 때였다.

"여보세요."

―나야, 민경이.

"어… 안녕."

갑작스러운 그녀의 전화에 강도영이 당황스러움을 숨기지 못했다.

강민경은 친구를 하자고 약속한 이후부터 단박에 말을 놓았지만 헤어진 후로는 지금까지 아무런 연락을 하지 않았다.

─안녕은 무슨, 전화도 하지 않았으면서. 어쩜 그럴 수 있어?

"바쁠 것 같아서 그랬지. 촬영하는데 방해되면 안 되잖아."

─홍, 거짓말.

"거짓말 아니야. 정말 그랬어."

─됐고요. 우리 촬영한 거 봤어?

"응, 너 예쁘게 잘 나왔더라."

─이 사람아, 내가 문제가 아니에요. 지금 인터넷에서 네가 누구냐고 난리가 났어. 몰라?

"난리는 무슨. 몇몇 사람이 댓글 단 거 가지고 너무 과장하지 마. 자꾸 그러면 가슴 설레."

─호호… 정말인데 안 믿네.

"요즘 바쁘지?"

─광고 나가면서 스케줄이 많이 들어와. 여기저기 불려 다니느라 힘들어죽겠어.

"바쁜 건 좋은 거야."

―너는?

"난 지금 연극 준비 중이야. 스케줄이 없어서 당분간 연극하면서 지내려고."

―회사에서 아직도 연락 없어?

"가끔가다 전화해 보는데 아직인가 봐. 스케줄 잡히면 연락 주겠지, 뭐."

―도영아, 우리 술 한잔할래?

"술?"

―응, 오늘 나 시간이 비거든. 그러니까 오랜만에 얼굴 보자. 우린 촬영 끝내고 쫑파티도 못했잖아.

"어디서?"

―논현동에 '버지니아'란 카페가 있어. 그곳에서 8시에 보자.

      *   *   *

막상 그녀에게서 전화가 오자 잠잠했던 가슴이 다시 뛰기 시작했다.

그러나 그 심장박동 소리는 사랑 때문이 아니라 첫사랑에 대한 아픔 때문이라는 걸 너무나 잘 안다.

강도영이 전화를 끊자 옆에 있던 서현탁이 즉시 다가오며 눈을 부릅떴다.

"뭐냐?"

"민경이한테 전화가 왔는데 술 한잔하자네."

"걔가 왜?"

"친구 먹기로 했잖아. 오랜만에 얼굴 보잔다."

"남사친 하자는 거야?"

"애인이 있으니까 일종의 그런 거지. 걔는 내가 편한 모양이다. 서슴없이 전화를 해오는 걸 보니 말이야."

"얼씨구, 웃겨."

"같이 갈래?"

"내가 가면 이상하지 않겠어. 걔가 날 알아볼 수도 있을 텐데……."

"뭐 어때, 언젠가는 보게 될 거야. 네가 내 매니저를 계속하는 한 결국 마주칠 수밖에 없을 테니까 이 기회에 얼굴이나 터."

"그래도 둘이 만나기로 했는데 내가 나가면 이상하잖아."

"애인 사이가 아니라 남사친이잖아. 더군다나 너는 동창이니까 훨씬 부드러워질 거다."

"그럴까?"

서현탁이 고개를 갸웃거리다가 입을 쩝쩝거렸다.

뭔가 께름칙한데 강도영이 그렇게 말하자 어쩔 수 없다는 듯 수긍하는 표정이었다.

그를 끌어들인 건 혼자 나가고 싶지 않기 때문이었다.

그녀와 둘이 있게 되는 걸 원하지 않았다. 실패한 첫사랑과 함께한다는 건 어색함과 더불어 잔잔한 고통을 주게 될 것이다.

그게 싫었다.

* * *

'버지니아'는 논현동 사거리에 있는 카페였다.

연예인들이 자주 드나드는 곳으로 전부 룸으로 구성되어 신분 보호가 철저했다.

입구에서 강민경의 이름을 대자 웨이터가 기다렸다는 듯 그들을 7번 방으로 안내했다.

"어서 와."

룸으로 들어서자 먼저 와 있던 강민경이 활짝 웃으며 그들을 맞아들였다.

연푸른 스웨터에 날렵한 진바지를 입은 그녀의 모습은 광고를 찍을 때와 다른 청초함이 돋보였다.

반쯤 엉덩이를 든 그녀에게 강도영이 주춤거리며 인사를 했다.

"잘 지냈어? 오다 보니 친구랑 같이 왔는데 괜찮을까?"

"친구?"

의아함과 실망감이 살짝 묻어나는 눈빛.

그녀는 오늘의 만남에서 어떤 기대를 하고 있었던 것 같았다.

하지만 강도영의 뒤에서 슬금슬금 따라 들어온 서현탁은 그녀의 눈빛을 보지 못한 채 어색한 듯 머리를 쓰다듬으며 냉큼 인사를 했다.

"기억할지 모르겠네. 나 서현탁이야. 3학년 때 같은 반이었던."

"서현탁… 현탁이?"

"맞아, 못난이 형제 중 조금 더 잘생긴 서현탁."

"그래, 기억나. 그런데 네가 도영이와 친구 사이야?"

"응, 내가 이놈 매니저야."

"헐!

강민경이 도저히 믿지 못하겠다는 듯 두 눈을 크게 떴다가 잠시 후 비실비실 웃기 시작했다.

조물주가 만들어낸 우연이 너무나 신기했던 게 분명했다.

맥주가 들어오고 식사가 될 만한 안주까지 탁자에 놓인 후에 그들은 잔을 부딪치며 광고가 무사히 끝난 것에 대한 축하를 했다.

처음에는 어색했지만 동행한 사람이 동창이라는 것을 확인한 후부터 강민경은 유쾌하게 이야기를 이끌어 나갔다.

강도영이 스튜어디스를 초대해서 감독에게 혼났던 이야기부터 마지막 촬영에서 단번에 오케이 사인을 받았던 이야기까지 늘어놓으며 그녀는 강도영의 연기력에 대해서 침이 마르도록 칭찬을 했다.

처음에는 광에서 촬영할 때 있었던 일들을 안주로 삼았고 그녀와 강도영의 근황이 지나가자 시간이 지나면서 자연스럽게 학창 시절 이야기가 나오기 시작했다.

"현탁아, 네 짝꿍은 지금 뭐 해. 이름이 뭐였더라?"

"우진이 말하는구나, 강우진."

"그래, 맞아. 뚱뚱하고 못생겼던 애."

강민경이 손뼉을 치면서 자신의 기억 속에서 사라졌던 존재를 끄집어냈다.

단순하고도 직설적인 표현.

그랬다. 그때의 강우진은 그녀의 표현대로 뚱뚱하고 못생겼던 게 맞다.

그럼에도 서현탁은 그녀의 질문에 헛기침을 몇 번 하면서 강도영의 눈치를 봤다.

"고등학교 졸업한 후 헤어져서 지금 뭐 하는지 몰라. 어디서 잘 살고 있겠지."

"너희 둘이 무척 친했었잖아."

"먹고살기 바쁘다 보면 연락이 뜸해지고 그러다가 연락이 끊기는 거지, 뭐. 너도 그렇지 않아?"

"하긴 나도 그래. 지금 연락하고 지내는 친구가 아무도 없어."

"사는 게 다 그런 거지. 특히 너는 학교 다닐 때부터 드라마에 출연하느라 친구 사귈 틈도 없었으니까 더 그럴 거야."

"그런데 현탁아, 넌 어떻게 도영이 매니저가 됐어?"

"이놈하고 극단에서 같이 있었어. 페이스에서 도영이 스카웃할 때 이놈이 나보고 매니저 해달라며 징징 울어대서 어쩔 수 없이 해주고 있는 거야."

"호호호……"

서현탁의 말도 안 되는 농담에 강민경이 깔깔거리며 웃었다.

그에 맞춰 강도영도 쓴웃음을 지었다.

그녀의 웃음이 마치 비수처럼 그의 가슴을 파고들었다. 강우진이란 이름조차 기억하지 못했을 때부터 그리고 자신의 못생겼던 외모를 정확하게 말했을 때부터 그의 가슴속에 남았던 설렘은 점점 희미해져 갔다.

그리고 그 설렘이 완전히 박살 난 것은 웃고 있는 강민경을 향해 의미심장하게 미소를 짓던 서현탁으로 인해서였다.

"민경아, 내가 재미있는 얘기해 줄까?"

"뭔데?"

"아까 말했던 강우진 말이야. 걔가 너를 무척 좋아했어. 그렇게 못생긴 놈이 예쁜 건 알아가지고 1년이 넘도록 가슴앓이를 했다니까. 어때 웃기지?"

"호호… 걔가 정말 그랬어?"

"그럼, 내가 그놈 징징거리는 것 때문에 3학년 내내 힘들어 죽을 뻔했다. 지금 생각해 보면 정말 멍청한 놈이야. 그렇지 않니?"

"사람 좋아하는 걸 탓할 수는 없잖아. 그래도 너무했다. 그런 애까지 나를 좋아해서 끙끙 앓았다고 하니까 기분이 묘해지네. 걘 왜 나를 좋아했을까. 저하고 어울릴 만한 여자도 분명 있었을 텐데?"

"바보 같은 놈이라 분수를 몰라서 그래. 원래 쪼다들이 지 주제를 모르잖아… 더 웃긴 건……."

두 사람의 이야기가 진행될수록 강도영의 얼굴이 무섭게 굳어져 갔다.

맥주잔을 부여잡은 손에 힘줄이 금방이라도 터질 듯 부풀어 올랐다.

이를 악문 채 참고 있었으나 그의 얼굴은 붉게 달아올라 금방이라도 터질 것처럼 변해갔다.

그가 더 이상 참지 못하고 맥주잔을 들어 탁자를 내려친 것은 서현탁의 익살에 강민경이 또다시 깔깔거리며 웃을 때였다.

"그만해, 이 새끼야!"

                    *   *   *

TCN의 드라마국 김성현은 에이스였다.

그가 만든 미니 시리즈는 연속해서 5번이나 시청률 20%를 넘었는데 그중 하나는 최고 41%까지 찍었다.

바로 두 달 전에 끝난 수목 드라마 '바보의 사랑'이 바로 그것이었다.

그의 강점은 화려하지는 않지만 작가의 의도를 정확히 짚어내서 시청자들의 감성을 자극하는 영상을 만들어낸다는 것이었다.

물론 그를 TCN의 에이스로 만들어준 것은 대박 작가 이수현이 그의 뒤에 있기 때문이었다.

그녀는 대한민국 드라마를 이끄는 삼봉 중의 하나였는데 손대는 작품마다 동시간대 시청률 탑을 차지할 만큼 엄청난 실력을 가지고 있었다.

삼봉이란 방송사를 절절 매게 만드는 세 명의 여자를 말하는데 그녀들의 편당 개런티는 6천만 원을 상회할 정도였다.

그런 그녀가 김성현에게만 작품을 주는 것은 이유가 있었다.

그건 바로 김성현이 그의 애인이었기 때문이다.

*　　　　*　　　　*

"아… 아… 좋아."

이수현이 붉어진 얼굴로 김성현의 등을 할퀴며 신음 소리를 높여갔다.

그의 배 위에서 움직이는 김성현의 움직임은 백 미터 달리기를 하는 육상 선수와 비슷했다.

마지막 피니쉬를 향해 달려가는 두 사람의 몸은 종이 하나 들어가지 못할 정도로 밀착되어 있었는데 시간이 지날수록 이수현의 허리가 점점 들리면서 비명이 토해졌다.

"악… 오빠!"

부르르 떨리는 몸.

강렬한 쾌감을 제어하지 못한 육체가 김성현의 가슴에 달라붙어 진동을 일으켰다.

얼마나 지났을까.

거머리처럼 달라붙어 있던 이수현의 몸이 천천히 무너지더니 침대를 향해 쓰러졌다.

눈을 감고 있는 그녀의 모습에서 이번 섹스가 얼마나 황홀했는지 짐작할 수 있었다.

"오빠, 보약 먹었어? 나 오늘 죽는 줄 알았단 말이야."

"응, 먹었어. 녹용 팍팍 끓여서 매일 복용 중이야. 수현이 만족시켜 줄려고 오빠가 매일 아침 조깅도 한다."

"호호… 거짓말."

"정말이야. 오늘 한 것 보면 몰라? 저번보다 훨씬 잘하잖아."

"보약은 누가 해줬는데. 마누라님이 해주셨나?"

"뭘 그런 걸 묻고 그래."

"흐흥, 집에서 해달라고 '보약까지 해줬는데 나한테 다 풀고 가면 어떡하냐. 아무리 생각해도 불쌍한걸."

두 사람은 불륜 관계다.

김성현은 마누라는 물론이고 아들이 둘이나 있는 유부남이었지만 이수현은 솔로였는데 관계가 시작된 것은 벌써 5년도 넘었다.

첫 작품을 하면서 우연히 두 번째도 같이하다 보니 그때부터 눈이 맞았다.

이수현이 묘한 웃음을 지으며 죽어 있는 김성현의 물건을 발가락으로 문질렀다.

그녀의 움직임에 물건이 좌우로 움직였다.

"다시 한 번 하자고?"

"응, 오늘 시간 많잖아."

"잠깐 쉬었다 하자. 내 나이 벌써 마흔이야. 금방 다시 서겠니?"

"빨아줄까?"

"이으구, 담배 한 대 피우고 충전 좀 한 다음에 하자. 애도 휴식이 필요해."

김성현이 몸을 일으켜 이수현의 발가락에서 벗어났다.

그런 후 담배를 빼어 물고 불을 붙인 후 리모컨을 들어 텔레비전을 켰다.

텔레비전에서는 JYN의 수목 드라마 '불의 전차'가 방송되고 있는 중이었다.

"저게 요즘 탑이야. 알고 있지?"

"응, 알아. 도인화가 쓴 거잖아."

도인화는 그녀와 같이 삼봉에 드는 여류 작가로 이번에 JYN에서 목을 매달아 불의 전차를 썼다.

"시청률이 35%를 찍었다네. 이러다간 40%도 넘겠다."

"2화 남았으니까 40%는 어려워. 도인화는 마지막에 약하거든."

"그런데 수현아, 국장이 나보고 후속작 준비하라고 하는데 어쩌지?"

"드라마 끝난 지 얼마나 됐다고 벌써 독촉이야. 최 국장 너무한 거 아냐?"

"그건 그런데… 이번에 한 번만 더 대박 터뜨리면 차기 국장 1순위야. 힘들겠지만 아무래도 해야 될 것 같아."

"난 조금 쉬어야 해. 너무 무리했더니 힘들어."

"수현아……."

"정말 미치겠어. 나도 사람이야. 글 쓰는 기계가 아니라고."

"저번에 얘기했던 거 이번에 쓰자. 그거 쓰면 대박 터뜨릴 것 같아."

"뭐, 태양의 전사?"

"그래."

"그건 아직 구상 중이야. 스토리 라인도 잡지 않았어."

"넌 금방 하잖아. 널 보고 사람들이 괜히 봉황이라고 부르니. 아직 드라마 들어가려면 6개월 정도 시간 있으니까 천천히 써도 돼."

"아이, 몰라."

김성현이 이수현의 가슴에 손을 올리며 주물럭거렸다.

그러자 이수현이 비음을 터뜨리며 몸을 꼼지락댔다.

그녀의 성감대는 가슴이었기 때문에 조금만 건드려도 곧바로 반응이 온다.

"해줄 거지?"

"알았어. 오빠 하는 거 보고."

은근한 목소리로 말을 하자 이수현이 더 만져달라는 듯 그를 향해 가슴을 밀착해 왔다.

이젠 됐다.

이 정도로 반응을 보였다는 건 해준다는 소리와 다름이 없다.

"어, 저건 강민경이잖아. 드라마가 뜨더니 바로 광고를 찍은 모양이네. 저 애 괜찮지?"

이수현의 가슴을 만지며 텔레비전에 시선을 던지던 김성현이 화면에 흐르는 광고를 보며 한 소리 했다.

그러자 이수현이 눈을 치켜떴다.

"이 물건 함부로 놀리면 국물도 없어. 내 안테나에 오빠가 배우들 건드린다는 소문 돌면 바로 끝이야. 알지?"

"그런 걱정 마라. 내가 미쳤다고 널 두고 다른 짓을 하겠니. 내가 저 애를 괜찮다고 한 건 배우로서 한 말이야. 드라마 PD가 여배우한테 관심을 갖는 건 당연한 거잖아."

"다른 흑심은 없고?"

"이 가슴을 두고 내가 왜 흑심을 부려. 요놈 만족시켜 주는 것도 힘에 부치는데."

"호호, 믿어주지."

"어, 그런데 저놈은 누구지?"

"모르는 애야?"

"응, 처음 보는 놈이야."

"어머, 어머. 쟤 눈빛 좀 봐. 정말 괜찮은데. 목소리도 좋고."

"그렇지?"

"오빠, 쟤 누군지 좀 알아봐. 마스크 죽여준다."

이수현이 가슴을 주무르는 김성현의 손을 슬쩍 뿌리치며 반쯤 일어났다.

그녀는 화면 속에 나오는 강도영의 모습을 보고 난 후 가슴에서 일어난 쾌감을 잊어버린 것 같았다.

그녀의 반응에 김성현의 얼굴이 슬쩍 굳어졌다.

이수현이 알아보라고 한다는 건 마음에 들었다는 뜻이다.

대박 작가의 한마디에 캐스팅이 결정되는 세상이었다. 방송사는 대박 작가를 잡기 위해 필사적인 노력을 하기 때문에 이수현은 그동안 대부분의 배우 캐스팅을 그녀가 직접 해왔다.

김성현이 비록 그녀의 애인이었지만 그녀는 결코 캐스팅만은 양보하지 않았다.

이수현 사단.

방송국에 발을 담고 있는 사람들은 그녀의 드라마에 출연하는 배우들을 보고 그렇게 말했다.

그들에게 이수현은 신적인 존재였다.

그녀의 드라마에 출연하는 순간 스타로 뜨는 것은 손바닥 뒤집는 것보다 쉬운 일이기에 여자고 남자고 이수현이 죽으라면 죽는 시늉까지 했다.

그런 그녀가 단 한 번의 광고를 보고 관심을 나타냈으니 그 결과가 어떻게 될지는 아무도 장담할 수 없었다.

제21장
오디션 II

　광고가 방송을 통해 전국으로 전파를 타자 금방 반응이 올라오기 시작했다.

　인터넷이 발달되면서 광고는 방송뿐만 아니라 동영상에까지 적용되기 때문에 성공한 광고의 파괴력은 폭발적이었다.

　특히, 강민경과 강도영에 대한 관심이 뜨거웠다.

　광고를 맡은 남녀 주인공의 아름다운 영상이 공개되면서 강민경은 드라마에 이어 광고까지 대박을 터뜨렸다.

　하지만 강도영은 달랐다. 신인이 갖는 한계.

　강민경은 기존의 인기에 더불어 광고라는 수단을 통해 엄청난 시너지 효과를 창출했지만 강도영은 워낙 인지도가 없었기 때문에 사람들의 뜨거운 관심 속에서 얼굴을 알리는 것으로 만족해야 했다.

그럼에도 그의 프로필을 확인하는 사람들의 클릭수는 꾸준하게 증가했다.

광고를 통해 성공적으로 사람들의 관심을 끌어냈다는 증거였다.

*   *   *

"요즘 강도영이 뭐 해?"

"계속 극단에 있다는데요."

"그놈 물건이지?"

"물건 맞습니다. 원탑의 정 감독이 칭찬까지 하더군요. 그 양반한테 광고 찍으면서 칭찬받은 애들이 거의 없습니다. 그만큼 도영이가 잘했다는 뜻이죠."

"커피 잘 팔린다면서?"

"영상이 워낙 좋았잖아요. 매출이 엄청 올라가고 있는 모양입니다. 그 덕분에 원탑에서는 동영그룹 광고를 3개나 더 땄다고 하더군요."

"네 생각에는 도영이를 어쩌면 좋겠냐?"

이승환이 안경을 끌어 올리며 윤철욱을 바라봤다.

뭔가를 바라는 눈빛.

'페이스'의 운영 전략은 기존 배우들을 중심으로 움직이고 있었기 때문에 막상 강도영이 대중들의 관심을 받기 시작하자 곤혹스러운 표정이 역력했다.

"도영이는 드라마보다 영화에 출연하고 싶어 합니다?"

"왜?"

"영화가 지닌 매력이 저와 맞다고 하더군요. 세트에서 움직이는 것보다 필드에서 마음껏 뛰어보는 게 소원이랍니다."

"쯧쯧… 지랄한다."

이승환이 혀를 차면서 고개를 흔들었다.

지금의 영화판은 잘 만들어진 하나의 기계처럼 움직이고 있었다.

20여 명의 감독이 영화판을 주무르고 또 그만큼의 주연배우들이 관객들을 장악하고 있었다.

조연 배우들도 마찬가지였다.

감독들은 검증된 연기력을 지닌 배우들이 아니면 절대 쓰려 하지 않는 아집을 가지고 있어 신인이 스크린에 데뷔하는 건 하늘의 별을 따는 것 못지않게 어려웠다.

그 이야기는 이승환의 로비력으로도 어렵다는 뜻이다.

하지만 그는 곧 손가락을 입에 물고 잠시 생각하다가 윤철욱을 바라보았다.

백전노장.

아무리 어려운 상황이라도 그는 지금까지 묘수에 묘수를 거듭하며 성공적으로 '페이스'를 여기까지 끌고 온 백전노장이었다.

"영화 쪽으로 가려면 먼저 드라마를 해야 된다. 드라마에서 인기를 끌게 되면 자연스럽게 진출할 수 있단 말이지. TCN에서 '태양의 전사'라는 작품을 기획하고 있어. 그 작품을 맡은 김성현이가 전화를 해왔더라. 강도영이 누구냐고."

"그래서요?"

"우리가 키우는 신인이라고 했다. 그러면서 다음 작품에 써 달라고 밑밥 좀 뿌려놨다. 잘하면 출연할 수 있을 것 같아."

"그건 내년 6월이나 되어서야 촬영을 시작하잖습니까. 그때까지 놀고 있으면 광고로 끌어 올린 이미지는 어떡하고요. 물 들어올 때 노 저으란 말 있잖아요. 일단 아무거나 시켜야 합니다."

"누가 놀린데?"

"그럼요?"

"화인영상의 감독하고 원탑의 정 감독이 놈을 무척 잘 본 모양이야. 적당한 비디오하고 광고 쪽에 선을 넣어서 출연시킬 생각이다."

"도영이는 연기를 하고 싶어 합니다. 걔는 연극을 하던 놈이었고, 지금도 극단에서 살아요. 드라마는 그대로 추진하시고 영화 쪽도 알아봐 주십시오."

"너도 사정 빤히 알면서 그러냐."

"애가 불쌍해서 그래요. 기회만 잡으면 분명 뜰 수 있으니까 드리는 말씀입니다."

윤철욱이 안타까운 표정을 지었다.

그는 페이스로 강도영을 직접 데리고 온 사람으로서 책임감과 연민을 동시에 가지고 있었기 때문에 어떡하든 영화 쪽을 알아보고 싶어 했다.

불쌍했다.

극단에 처박혀 하지도 못할 연기 공부를 하며 자신만 바라보는 강도영의 눈빛을 볼 때마다 가슴이 저릿저릿했다.

이상하게 놈의 시선은 어린 사슴처럼 더없이 맑아서 도와주고 싶다는 마음이 들도록 만들었다.

이승환이 입을 연 것은 윤철욱이 시선을 떼지 않고 자신을 향해 어떻게든 해보라는 압박을 보내올 때였다.

"지금 크랭크인을 계획하고 있는 영화가 3개 있어. 그중 두 개는 이미 출연 배우들이 확정되었지만 마지막 '용의 칼'은 공개 오디션을 통해 배역을 결정한다고 하더라. 물론 주연 말고 조연들이지."

"용의 칼은 정일호가 만드는 거 아닙니까?"

"맞아."

"걔 아직도 감독 해요? 그렇게 말아먹고도?"

"그놈 아버지가 PJ의 회장 아니냐. 아직 5개는 더 말아먹어도 끄떡없을 거다."

"그런데 도영이를 거기에 보내자는 말입니까?"

"혹시 아냐? 그동안 말아먹은 거 이번에 만회할지. 아버지 덕에 지금은 빵빵하게 들어오니까 이번엔 조금 다르지 않겠어?"

"행주가 수건 되는 거 봤습니까? 그놈은 기본이 안 된 놈입니다."

"너 그런 소리 하지 마라. 김윤석이 들으면 네 모가지 남아나지 않을 거다. 김윤석이는 무려 7개나 말아먹은 후에 천만 영화를 무려 3개나 터뜨렸어. 사람 일은 모르는 거야."

"그건… 그렇죠."

김윤석은 요즘 영화판에서 가장 잘나가는 감독으로 손에 꼽히는 사람이었다.

고등학교를 졸업한 후 맨손으로 영화판에 뛰어들어 수없이 많은 실패 끝에 최근 5년 동안 천만 영화를 3편이나 터뜨렸다.

처음 그가 실패를 거듭했을 때 사람들은 그를 보고 재능이 없으니 다른 일을 알아보라는 조언을 서슴지 않았다.

윤철욱의 말대로 행주는 절대 수건이 될 수 없다는 뉘앙스를 풍기면서.

그러나 그는 절치부심 끝에 자신의 단점들을 극복하고 대박을 연속으로 터뜨리며 영화계의 아이콘이 되어버렸다.

"용의 칼 오디션이 2주 후에 열린다고 하니까 도영이 불러서 준비하라고 해. 정일호가 또라이 기질은 있어도 도영이는 대중들한테 안면을 넓혀놨으니까 써주지 않겠어?"

"그놈은 그런 거 안 따지는 놈입니다."

"영화에 출연시키는 방법은 지금으로서는 그 방법밖에 없어. 그러니까 내 말대로 해. 그리고 그놈 따라다니는 애 있지?"

"현탁이요?"

"걔, 입사시켜. 어차피 도영이 케어할 놈이 필요하잖아. 콤에 갔을 때는 황두식이 챙겨줬지만 혼자 다니는 건 무리야. 팽시킬 거면 모를까, 키워볼 생각이라면 정상적으로 해줘야 나중에 불만 안 생긴다."

"알겠습니다. 그렇지 않아도 그럴 생각이었습니다."

"코디는 누가 좋겠어?"

"전용 코디도 붙여주실 생각입니까?"

"나 벌써 그놈 때문에 두 사람한테 고맙다고 전화 받았다.

그 정도면 투자 가치가 충분해. 괜찮은 애로 붙여줘라. 누구 없어?"

"은경이가 지금 놀고 있습니다."

"걔가 왜 놀아. 걘 이준경 전용이잖아."

"미처 말씀을 못 드렸는데 은경이가 못 해먹겠다고 나왔습니다. 이준경하고 대판 한 모양이더라고요."

"그놈의 성질머리. 또 그랬단 말이야?"

"성격이 워낙 칼 같잖아요. 이준경이 갑질하는 꼴을 못 참은 것 같습니다."

"아이고… 그놈의 지지배."

"도영이한테 붙이면 괜찮을 것 같긴 합니다. 나이 차이가 꽤 나니까 싸울 일도 없을 테고 도영이가 착해서 은경이도 오케이할 겁니다. 도영이한테 은경이가 간다면 날개를 다는 거죠. 은경이가 코디 쪽에서는 국내 탑이니까요."

"신인한테 붙이기는 너무 아까운데……."

"일단 그렇게 가고 나중에 다른 코디를 물색해 보겠습니다. 지금 은경이를 잡지 않으면 다른 데로 갈 수도 있습니다. 일단 일을 맡겨서 입부터 막아놓는 게 급해요."

"할 수 없지. 그럼 그렇게 해. 그리고 말이야. 도영이 통장으로 5백만 입금시켜."

"돈을 넣어주란 말입니까?"

"이번 광고 찍으면서 돈 못 받았잖아. 내가 불편해서 안 되겠다. 일하고 돈도 못 받으면 걔가 우릴 뭐라고 생각하겠냐."

"그놈한테 출연료 안 받았다고 미리 말해줬습니다. 그렇게 하지 않아도 됩니다."

"말했잖아. 그건 회사 쪽에서 일방적으로 결정한 거야. 물론 도영이도 이해했겠지만 그래선 신뢰가 쌓이지 않는다. 이 세계에서 신뢰가 깨지면 사업 못 해먹어. 잘 알면서 그래!"

*   *   *

강도영은 강민경을 만난 자리에서 했던 서현탁의 행동에 대해 무섭게 화를 냈다.

하지만 서현탁은 뻔뻔한 얼굴로 오히려 강도영을 노려보았다.

"애인 있는 애를 만나서 뭐 하려고. 그래서 그랬다. 네 집착을 끊지 않으면 괜한 고생만 할 거야. 그러니까 너무 열 받지 마라."

씨발, 맞는 말이다.

그래서 더 이상 아무 말도 하지 못했다. 그러고는 잊어버렸다.

그런 일로 목숨마저 줄 수 있는 친구 놈에게 계속해서 화를 낸다는 건 바보 같은 짓이기 때문이었다.

놈 역시 그래서 그런 짓을 벌였던 것이 분명했다.

나를 위해서…….

서현탁은 입사하라는 통보를 받고 날듯이 기뻐했다.

비록 계약직이었지만 페이스의 일원이 되어 강도영과 언제든 함께할 수 있다는 사실이 그를 들뜨게 만들었다.

윤철욱에게 연락을 받고 강도영이 서현탁과 함께 사무실로 들어서자 이전에는 잡상인 취급하던 직원들이 알은척하며 웃음 짓는 것이 보였다.

그가 출연한 커피 광고는 두 달이 지난 지금 거의 사라졌지만 워낙 강렬한 인상을 줬기 때문에 직원들은 그가 페이스의 식구란 사실을 확실하게 기억했다.

그들이 소파에 앉자 윤철욱이 예전과 다르게 즉시 다가왔다.

"왔으면 앉지 않고. 일단 앉자."

그가 먼저 소파에 앉는 걸 본 강도영과 서현탁이 따라 앉으며 인사를 했다.

그러자 윤철욱이 빤히 그들을 바라보며 웃음을 지었다.

"돈은 받았냐?"

"받았습니다. 그런데 왜 저한테 돈을…….."

"사장님이 너한테 주는 보너스다. 일을 시켜놓고 쓰윽 입 닦는 게 미안하셨던 모양이야. 그러니까 부담 없이 써도 된다."

"고맙습니다."

"오늘 널 부른 건 할 말이 있어서다. 소개시켜 줄 사람도 있고."

윤철욱의 말에 강도영이 어리둥절한 표정을 지었다.

미리 말해주면 좋을 텐데 윤철욱은 항상 만나서야 본론을 말해줬기 때문에 매번 궁금증이 들게 만들었다.

"도영아, 2주 후에 용의 칼이란 영화의 오디션이 있다. 거기에 참여해라."

"오디션요?"

"다른 영화와 다르게 정일호 감독이 신인을 써보겠다고 주장한 모양이야. 너 같은 신인들한테는 엄청난 기회지. 그러니까 이번 기회에 잡아봐."

"예……."

"오디션은 대체적으로 외모와 연기력을 본다. 하지만 정일호 감독은 영화계에서도 꼴통으로 소문난 사람이라 어떤 걸 기준으로 뽑을지 몰라. 더군다나 각 기획사의 신인들과 배우를 꿈꾸는 놈들이 구름처럼 몰려들기 때문에 쉽진 않을 거다."

"용의 칼이란 영화는 어떤 내용이죠?"

"사극이라고 들었다. 신하들의 배신으로 비운의 죽음을 맞는 왕실의 비극을 다룬 영화라는데 자세한 건 나도 몰라. 어때, 해볼 테냐?"

"하겠습니다."

"오디션은 2주 후 태인영화사 본관에서 치러진단다. 서류는 회사에서 전부 준비해 놓을 테니까 넌 그날 가서 오디션만 보면 돼."

"준비할 건 없나요?"

"그동안 계속 준비해 왔잖아. 극단에서 미친놈처럼 연습한 거면 충분해. 자세한 건 영화사에서 보낸 서류가 여기 있으니까 읽어보도록. 지금부터 도영이 공식 매니저는 현탁이니까 네가 빠지지 않도록 준비해 놔."

"알겠습니다."

두 사람의 대화를 듣고 있던 서현탁이 화들짝 놀라며 급히 대답했다.

윤철욱의 입이 다시 열린 것은 서현탁이 그가 밀어낸 서류를 소중하게 챙길 때였다.

"그리고 도영이 너한테 커다란 선물이 있다."

"선물이요?"

"그래, 선물. 너한테 줄 선물은 바로 저 사람이다."

윤철욱이 출입문 쪽을 바라보며 웃음을 지었다.

그곳에서는 30대 초반으로 보이는 여자가 씩씩하게 그들을 향해 다가오고 있었다.

"조금 늦었네?"

"차가 막혀서요."

"응, 인사해."

"안녕, 난 서은경이에요. 오늘부터 회사에서 코디를 맡으라고 하던데 우리 앞으로 잘해봐요."

서은경이 불쑥 손을 내밀어 강도영의 손을 붙잡았다.

생긴 건 곱상한데 행동은 와일드해서 남자나 다름없을 정도로 화끈했다.

그 모습을 본 윤철욱의 웃음이 더욱 진해졌다.

앞으로 강도영의 앞날이 어떻게 될지 궁금해서 미치겠다는 표정이 담겨 있었지만 입에서 나온 이야기는 전혀 다른 내용이었다.

"도영아, 서은경 씨는 단순한 코디가 아니다. 너한테 선물이라고 말한 것은 서은경 씨가 국내 최고의 실력을 갖고 있기 때문이야. 다시 말해 너는 보물을 얻었다는 뜻이다."

*   *   *

코디네이터는 연예인의 머리부터 발끝까지 관리해 주는 사람을 말한다.

모든 연예인이 유능한 코디를 찾는 것은 그만큼 방송에 나갔을 때 코디의 영향력이 절대적인 위력을 발휘하기 때문이었다.

코디는 단순한 의상 선택만 하는 것이 아니라 케어하는 연예인의 체형을 완벽히 분석하고 외모에서 풍기는 인상까지 고려해서 패션을 선택해야 되는데 그런 능력을 가진 코디네이터들은 손가락에 꼽을 정도였다.

서은경이 국내에서 활동하는 코디 중 탑으로 불리는 것은 패션에 대한 지식과 감각이 탁월했기 때문이다.

특A급 스타로 꼽히는 이준경을 비롯해서 양미진, 선우경 등이 그녀의 손을 거쳤으며 그들은 탁월한 패션 감각으로 대중의 사랑을 한 몸에 받았다.

"술 한잔할까요?"

처음 만난 자리에서 인사가 끝나자마자 그녀가 던진 한마디는 예상치 못한 것이었다.

그녀는 자신이 맡은 연예인과 상견례하는 자리마다 반드시 술을 마셨다며 강도영과 서현탁을 근처에 있는 맥주집으로 이끌었다.

술과 안주를 시킨 그녀가 천천히 강도영의 전신을 살폈다.

"처음에도 놀랐지만 다시 보니까 끝내주네. 도영 씨, 원래부터 이렇게 잘생겼어요?"

"그게⋯⋯."

"몇 살이죠?"

"25살입니다."

"난 37살. 많이 먹었지?"

"설마요. 저는 30살도 안 된다고 생각했어요. 정말 동안이시네요."

"호호… 거짓말이라도 기분 좋다. 여자들은 잘생긴 남자가 칭찬해 주면 기분이 좋아져요. 나이가 한 다스 차이나니까 내가 말 놔도 되죠?"

"그럼요, 편하게 대해주세요."

"땡큐, 서현탁이라고 했지. 내가 말 놓는 거 괜찮아?"

"저희야 고맙죠. 누나가 계속 말 올리면 오히려 우리가 불편해져요. 그러니까 마음껏 놓으세요."

그녀가 인상을 슬쩍 긁으며 째려봤기 때문에 서현탁이 두 손을 마구 흔들며 협박에 굴복했다.

그러자 서은경의 얼굴에서 햇살 같은 웃음이 솟아났다.

"난 원래 프리랜서로 일을 했어. 페이스와 계약을 했지만 필요할 경우만 일을 해줬지. 이준경 그 자식도 그런 경우였고. 승환 오빠 때문에 전속으로 계약했는데 완전히 발을 잘못 들여놓은 것 같아."

"우리 사장님 잘 아세요?"

"사촌 오빠야."

"아하, 그래서 페이스에서 일하셨구나. 그런데 왜 그런 생각을 하셨어요?"

"윤 실장한테 못 들었어? 나를 원하는 회사들은 많아. 프리랜서로 활동하면 더 큰돈을 벌 수 있단 뜻이야. 그런데 승환 오빠가 나가려고 하면 성질을 내. 내가 다른 곳에 가면 페이스가 타격을 입는다나 뭐라나……."

서은경은 술을 잘 마셨다.

말을 하는 와중에도 벌컥벌컥 맥주를 마셨는데 한 번 마실 때마다 맥주가 삼 분의 일로 줄어들었다.

중키에 날씬한 몸매를 가졌지만 머리를 단발로 해서 얼핏 보면 잘생긴 남자처럼 보이는 외모를 가졌다.

그런 여자가 코디네이터 세계에서 국내 탑의 자리를 차지하고 있다는 것이 믿겨지지 않을 정도였다.

"2주 후에 오디션이라고 했지?"

"예."

"잘생기긴 했는데 촌스러워. 머리도 엉망이고. 피부는 그게 또 뭐니, 피부 관리 한 번도 안 받은 모양이네."

서은경이 강도영을 바라보면서 품평회를 열었다.

그녀의 눈에는 강도영의 모든 것이 마음에 들지 않은 모양이었다.

"2주 남았다니까 조금 서둘러야겠다. 전화번호 줘."

"예?"

"전화번호 달라니까. 내일부터 케어 들어가야 돼. 피부 관리부터 시작할 테니까 전화하면 재까닥 달려와야 해. 알았어?"

"저희는 연극 연습을 해야 되는데요."

"미치겠네. 오디션이 중요하니 연극이 중요하니?"

"그거야……."

"오디션부터 합격해야 되잖아. 내가 너를 백마 탄 왕자로 만들어줄 테니까 무조건 내 말 듣고 따라와."

*   *   *

정일호는 태인영화사에서 수시로 감독을 맡아 영화를 제작했다.

그의 아버지는 영화계를 완벽하게 장악하고 있는 PJ엔터테인먼트의 회장인 정건영이었다.

PJ엔터테인먼트는 영화의 제작, 배급, 상영을 전부 관리했는데 보유한 영화관 숫자만 해도 500개가 넘었다.

다시 말해 재벌이란 뜻이다.

정건영은 그에게 계열사를 맡아서 경영이나 하라고 수없이

닦달했으나 정일호는 그의 말을 듣지 않고 영화감독에 목을
매달았다.

제법 그럴듯한 대학교의 연극영화과를 나와 영화판에 들어
선 것도 벌써 15년 전의 일이었다.

하지만 그는 영화감독으로 한 번도 성공하지 못했다.

처음 제작했던 영화가 200만을 찍었을 뿐 최근 들어 만든
영화들은 전부 죽을 쑤었다.

그가 영화에 목을 매다는 이유는 딱 두 가지뿐이었다.

첫 번째는 감독을 하면서 만나는 여배우들과의 엔조이가
즐거웠기 때문이고 또 다른 하나는 감독으로 성공해서 태인
영화사를 기반으로 형인 정일성을 재끼고 PJ를 물려받겠다는
야심 때문이었다.

아버지가 대충 던져준 떡밥으로는 결코 PJ를 차지하지 못한
다.

명분.

그는 영화감독으로 성공해서 사람들에게 영화계를 장악하
고 있는 PJ의 경영권을 자연스럽게 차지하려는 야망을 가지고
있었다.

상식에서 벗어난 공개 오디션을 개최한 것도 그런 일환이었
다.

오래전에는 오디션을 통해 종종 배우들을 발탁한 경우도

있었지만 최근 들어 10년간은 오디션을 개최한 경우가 없었다.

새로운 바람을 통해 영화계에 화두를 던지고 그 결과가 흥행으로 이어진다면 자신은 금방 영화계의 총아로 등극할 수 있을 거란 판단이었다.

"얼마나 신청했어?"

"어제까지 1,200명이 넘었습니다."

"서류 마감일이 3일 남았는데 그 정도면 괜찮군. 잘하면 1,500명도 채우겠다."

"지금 추세로는 그럴 것 같습니다. 더군다나 각 기획사의 신인들이 대거 참여해서 질도 꽤 좋습니다."

조 감독인 민경수가 서류를 들척거리며 보고를 하자 정일호가 고개를 끄덕였다.

하긴, 그럴 것이다.

요즘 들어 영화판은 기존 배우들이 활개를 쳐서 신인들이 끼어드는 건 쉬운 일이 아니기 때문에 오디션이 열리자 전부 목을 매달았다.

"일차 심사에서 200명만 남겨. 너무 많으면 오디션 보기가 어려우니까. 우리가 뽑는 배우가 5명이지?"

"그렇습니다. 남자가 셋에 여자가 둘입니다. 하지만 주연배우와 중요 조연들은 대부분 캐스팅이 끝났기 때문에 배역은 그리 크지 않습니다."

"알고 있어. 언론은?"

"오랜만에 공개 오디션을 보는 거라 큰 관심을 보이고 있습니다. 그런데 기자들이 배역에 대해서 자꾸 질문을 합니다. 이번 오디션에서 뽑은 배우들이 어떤 역을 맡는지 궁금한 모양입니다?"

"아무래도 그렇겠지."

"전부 역할이 없다는 게 알려지면 쇼라는 게 금방 드러날 겁니다. 아무래도 괜찮은 배역 두 개 정도는 남겨놔야 할 것 같습니다."

민경수가 조심스럽게 정일호의 눈치를 살피며 의사를 타진했다.

그로서는 크게 용기를 낸 건데 언론에 알려져 영화사가 타격받는 것보다 정일호한테 깨지는 게 낫다고 생각한 것 같았다.

다행스럽게 정일호의 반응은 그리 나쁘지 않았다.

"좋아, 그렇게 하지. 자네 생각에는 어떤 배역을 줬으면 좋겠나?"

"남자는 호위 무사, 여자는 공주 역을 맡기면 언론에도 대충 할 말이 있을 것 같습니다."

＊　　　＊　　　＊

　서현탁은 강도영이 변화되는 모습을 보면서 말을 잃었다.

　서은경의 손은 신기한 마술이었다.

　보름 전부터 피부 관리를 받기 시작한 강도영의 피부는 속이 들여다보일 정도로 투명하게 변해서 마치 탄력 좋은 고무를 만지는 것 같았고 부스스했던 헤어스타일도 서은경이 일일이 간섭하면서 바꿨는데 모든 것이 끝나자 완전히 다른 사람을 보는 것 같았다.

　서은경은 자신이 주로 이용하는 강남의 헤어숍에 강도영을 끌고 들어가 머리스타일을 꼼꼼히 주문했다.

　그녀는 잠시도 앉아 있지 않고 머리카락 하나 자를 때마다 헤어 디자이너에게 주문을 하면서 자신이 원하는 스타일로 만들어갔다.

　가장 결정적인 것은 오디션 당일 그녀가 준비해 온 옷을 강도영이 입었을 때였다.

　푸른색을 바탕으로 흰색 포인트가 매치된 와이셔츠, 그리고 정확히 발끝까지 내려온 검은색 바지와 시크함이 돋보이는 밀리터리 야상.

　야상의 앞면은 양쪽으로 용이 수놓아져 있었고 등에는 고대 마야의 문양이 새겨져 있었다.

결점을 찾을 수 없을 정도로 잘생긴 강도영이 서은경의 손을 거치자 신비로움까지 더해진 것을 보고 서현탁은 말을 버벅거리며 탄성을 멈추지 못했다.

"우와, 도영아… 도영아, 너 정말 죽여준다."

"그러지 마라. 네가 안 그래도 금방 죽을 판이다."

강도영은 지나가던 사람들이 걸음을 멈추고 정신없이 자신을 바라보는 것을 보며 얼굴을 붉혔다.

사람들은 그를 보자마자 자석에 이끌리듯 걸음을 멈추었는데 여기저기서 찰칵거리며 휴대폰 플래시가 터지는 중이었다.

"빨리 가자. 오디션 시간 늦겠다."

뒤늦게 나온 서은경이 소리를 지르며 자신의 차로 그들을 이끌었다.

그녀는 이런 경우를 많이 봐 온 듯 사람들의 시선에서 강도영을 가로막으며 재빨리 자리를 벗어났다.

*　　　　*　　　　*

오디션의 서류 합격 통보를 받은 것은 일주일 전이었다.

윤철욱은 그날 전화를 해왔는데 1,400명의 지원자 중에서 서류 합격을 한 사람은 200명에 불과했다고 한다.

오디션이 벌어지는 태인영화사에 들어서자 사람들이 삼삼

오오 모여 있는 것이 보였다.

먼저 와 있던 오디션 참여자들은 하나같이 특출한 외모를 지닌 사람들이었다.

이곳에 와 있는 사람들은 대부분 기획사에서 키우는 신인들이었기 때문에 어떤 사람들은 텔레비전 드라마까지 출연한 경력이 있었다.

그런 사람들조차 오디션장으로 들어서자 하나둘씩 천천히 걸어오는 강도영을 바라보며 넋을 놓았다.

후광.

걸어 들어오는 강도영에게서 뿜어져 나온 아우라가 사람들의 시선을 무차별적으로 잡아끌었던 것이다.

*   *   *

TR엔터테인먼트에 같이 소속되어 있는 신미진과 유화경은 이번 '용의 칼' 오디션을 준비하면서 한 달째 같은 방에서 살고 있었다.

TR은 '페이스'와 달리 신인들을 중점으로 키우는 회사인데 소속된 신인만 30명이 넘었다.

신인 배우를 키우는 건 가수를 키우는 것보다 훨씬 비용이 적게 들기 때문에 TR 같은 회사는 우리나라에 20개가 넘었다.

하나만 건져도 회사에 막대한 이익을 남기는 구조.

TR 같은 회사들은 페이스와 달리 회사와 배우의 이익 구조가 7 대 3이고 대부분 장기 계약을 하기 때문에 노예 계약이라 말할 수 있을 정도였다.

그럼에도 신인들은 기획사에 소속되기 위해 안달이 난다.

워낙 많은 사람이 배우라는 꿈을 이루기 위해 달려들기 때문에 그런 기회를 갖는 사람들은 극소수에 불과해서 노예 계약도 감지덕지하는 형편이었다.

신미진과 유화경도 그런 경우였다.

배우라는 꿈.

그 꿈을 위해서라면 무엇이라도 할 수 있다는 간절함이 그녀들에게 그런 선택을 하게 만들었다.

'용의 칼'이란 오디션이 있다는 소리에 기쁜 마음을 숨기지 못했다.

기회를 갖는다는 건 희망이 있다는 소리였고 최선을 다해 준비한다면 오디션에 합격해서 배우의 길로 들어설 수 있기 때문이다.

이 기회를 잡기 위해 최근 한 달 동안 합숙까지 하면서 정말 열심히 연습을 했다.

모든 배역을 소화하겠다는 일념으로 영화사에서 주문할 수 있는 배역들을 전부 발췌해서 밤잠을 설쳐가며 연습했다.

그리고 오늘 그녀들은 아침이 밝자마자 헤어숍에 들려 최대한 아름답게 치장하고 오디션장으로 왔다.

　누구보다 열심히 준비했기 때문에 오는 동안 어느 정도 자신감이 있었으나 막상 오디션장에 들어서자 그 자신감은 천천히 바닥을 기기 시작했다.

　경쟁자들이 만만치 않을 거라 생각했지만 이 정도일 줄은 꿈에도 생각하지 못했다.

　남자들은 하나같이 미남이었고 자신들과 경쟁할 여자들은 아름다운 꽃들 천지였다.

　그냥 꽃이 아니라 각각의 특별한 매력과 향기를 뿜어내는 싱싱한 생화들이었다.

　저절로 한숨이 나왔다.

　저런 인간들과 경쟁해서 오디션을 통과한다는 게 결코 쉬운 일은 아닐 거란 생각이 들자 자신감이 점점 꺼져갔다.

　그럼에도 용기를 냈다.

　그녀들 역시 누구 못지않게 아름다웠으며 최선을 다해 준비했으니 결과는 어떻게 나올지 모른다면서 서로를 위로했다.

　하지만 그녀들의 용기는 오디션 입구를 통해 천천히 들어오는 남자를 확인한 순간 서쪽 하늘 저편으로 순식간에 날아가고 말았다.

　"헉… 저 사람 뭐야?"

*　　　　　*　　　　　*

　오디션이 시작되기 전 참가 번호에 맞춰 쪽대본이 나왔다.

　진행 요원이 오디션에 참가한 사람에게 정확히 1시간 전 2페이지 분량의 대사를 주는데 그것을 연기해야 한다는 게 룰이었다.

　태인영화사에서 선택한 오디션은 1차가 쪽대본에 의한 영상 촬영이었고 2차가 자유 연기였다.

　당황한 참가자들의 웅성거림이 들렸다.

　2페이지 분량의 대사를 1시간 만에 외우는 건 결코 쉬운 일이 아니다. 더군다나 대사를 외우고 난 후 감정을 잡아 연기를 하는 건 더더욱 어려운 일이었다.

　영화사 쪽에서는 10개의 쪽대본을 만들어서 뒷 번호 참가자가 미리 연습하는 것조차 막았기 때문에 참가자들의 멘붕은 더욱 커질 수밖에 없었다.

　오디션을 보고 나오는 사람들의 표정은 어두웠다.

　오디션 안내서에 나와 있지 않은 쪽대본 연기 방식을 제대로 적용한 사람은 그리 많지 않았기 때문이다.

　　　*　　　　　*　　　　　*

"예, 됐습니다."

중앙에 앉아 있는 정일호가 참자가의 연기가 모두 끝나자 가차 없이 종료 신호를 보냈다.

그의 옆에는 캐스팅 디렉터로 이름을 날리고 있는 강형도가 있었고 우측에는 이번 '용의 칼'의 주연을 맡은 민준기와 여주인공 신은서가 나란히 앉아 있었다.

"5분만 쉬었다 하지. 물 떨어졌어, 물 좀 갖고 와."

정일호가 진행 스태프에게 지시한 후 의자를 돌리자 긴장한 상태에서 대기하고 있던 촬영 팀과 음향 팀이 즉각 뒤로 물러나 휴식에 들어갔다.

오디선장에는 3대의 카메라가 설치되어 있었고 심사 위원석 앞에는 3m 간격으로 의자가 3개 놓여 있었다.

한 번에 3명씩 진행되는 방식이었다.

벌써 5시간이 훌쩍 지났기 때문에 참가자의 숫자는 이제 20여 명만 남은 상태였다.

200명에 달하는 참가자의 오디션이 이렇게 빨리 진행된 것은 쪽대본 진행 방식 때문이었다.

상당수의 참가자가 쪽대본에 걸려 눈물을 흘리며 중도에서 퇴장했다.

정일호가 중심이 된 심사자들은 참가자의 이력과 외모, 분위기, 배우로서의 역량을 감안해서 쪽대본에 실패한 사람들이라도 자유 연기를 할 수 있는 기회를 줬다.

하지만 그것은 극소수에 불과해서 쪽대본에 실패한 사람 중에 자유 연기를 펼친 건 불과 10명밖에 되지 않았다.

그럼에도 정일호를 비롯한 심사 위원들의 얼굴은 밝았다.

1차 오디션에서 합격한 참가자가 벌써 20명이 넘었기 때문이다.

오랜만에 개최한 오디션이었기 때문인지 좋은 연기력을 지닌 신인이 많았다.

더군다나 마스크도 훌륭해서 어떤 역할을 맡겨도 충분히 소화할 수 있을 만큼 우수한 인재들이었다.

"이제 21명 남았나?"

"예, 감독님."

"강 위원 보기엔 어때?"

정일호가 캐스팅 디렉터 강형도에게 시선을 던지며 물었다.

심사의 중심에는 그가 있었지만 결정적인 합격 여부는 강형도가 상당한 영향력을 행사했기 때문에 의견을 물은 것이었다.

"배역 비중이 적은 세 명은 아무나 시켜도 됩니다. 우리가 중점적으로 관심을 두고 뽑는 건 중요 조연에 꼽히는 호위 무사와 공주 역입니다. 제가 봤을 때 우리가 1차에서 뽑은 신인들은 모두 충분한 자격이 있는 것 같습니다. 텔레비전 드라마 캐스팅 때보다 훨씬 뛰어난 신인들이 몰렸어요. 영화의 위력이 확실히 크긴 크군요."

"쪽대본 방식 가지고 뭐라 그러지 않을까?"

정일호가 은근한 목소리로 물었다.

자신이 찍어둔 두 명의 여자 신인과 태인엔터테인먼트의 사장이 부탁한 놈에게 미리 쪽대본을 나눠준 게 마음에 걸렸기 때문이다.

하지만 강형도는 역시 노련한 늑대였다.

충분히 짐작하고 있었던 것처럼 그는 전혀 다른 말로 정일호의 마음을 편하게 만들어주었다.

"쪽대본 방식은 자주 쓰는 오디션 방법 중의 하나입니다. 얼마나 대본 습득 능력이 있는지 체크할 수 있고 짧은 시간 안에 배역이 가지고 있는 감정을 소화할 수 있는지 볼 수 있기 때문입니다. 쪽대본 방식을 가지고 시비를 걸지는 못할 겁니다."

"하긴, 그렇지. 준기야, 네가 봤을 때 애들 어때?"

"좋습니다. 특히 몇 놈은 연기력이 아주 뛰어나네요. 이렇게 신인들 연기력이 좋은지 저는 이번에 처음 알았습니다."

"은서는?"

"저도 같은 생각이에요. 그런데 남자 배우들은 조금 더 검증이 필요할 것 같아요. 대본상의 호위 무사는 표정으로 모든 걸 말해야 되는데 마음에 쏙 드는 사람을 보지 못했어요."

"은서가 신경을 많이 쓰는구나. 하하… 왕비로서 호위 무사를 뽑는 데 신경이 쓰이겠지."

정일호가 유쾌하게 웃었다.

여주인공 신은서는 그가 공을 들여 모셔온 떠오르는 별이었다.

그녀가 출연한 드라마들이 워낙 인기를 끌었기 때문에 정일호는 이번 주인공으로 신은서를 낙점한 후 삼고초려를 해서 출연을 결정시켰다.

그랬기에 그는 신은서의 말이라면 언제나 긍정적으로 받아들였다.

*   *   *

강도영은 한 시간 전 자신에게 주어진 쪽대본을 다시 한 번 확인하면서 가볍게 숨을 들이마셨다.

서현탁은 옆에서 계속 자리를 지키다가 음료수를 사러 간다며 잠깐 비웠고 서은경은 오디션장에 그를 데려다주고 총알같이 사라졌기 때문에 지금은 그 혼자였다.

이제 대기실에는 그를 비롯해서 10여 명만 남아 있는 상태였다.

그토록 많은 사람이 붐비던 대기실은 소수만 남자 침묵에 사로잡혀 있었다.

참가 번호가 가장 뒤쪽에 있다는 건 결코 좋은 일이 아니었다.

지친 심사 위원들에게 자신의 연기력을 인정받기 위해서는 앞선 참가자들보다 훨씬 강한 인상을 남겨줘야 한다.

쪽대본을 외우는 건 어렵지 않았다.

이것도 유전자 성형의 결과인지 모르겠으나 그의 두뇌는 무섭게 좋아져서 한 번 본 건 거의 잊어버린 적이 없었다.

"190번, 191번, 192번 들어오세요."

오디션장에서 나온 진행 요원이 소리를 질러 번호를 불렀다.

그 소리가 북소리처럼 들리며 가슴이 두근거리기 시작했다.

드디어 연기를 시작하면서 언제나 갈망해 왔던 순간이 다가왔다. 길게 심호흡을 하고 느리지도 빠르지도 않은 걸음으로 오디션장의 문을 열었다.

이곳에 오기 전까지 오디션에 관한 정보들을 수없이 접했다.

오디션을 볼 때의 자세는 긴장했다는 것을 보이면 안 되고 자신감이 결여된 모습도 보이면 안 된다.

시선은 당당하게 심사 위원들을 향해야 하며 연기를 할 때도 목소리가 너무 커서도 작아서도 안 된다는 것이 주요 팁이었다.

강도영이 들어서자 두런거리며 대화를 주고받던 심사 위원들의 시선이 한꺼번에 다가왔다.

강도영의 모습을 확인한 그들의 시선에서 그동안의 느슨함과 피곤함, 그리고 나른함이 한꺼번에 사라져 갔다.

"안녕하세요, 참가 번호 190번 강도영입니다."

"나이가 25살 맞습니까?"

"네, 그렇습니다."

"서류에 보니까 뮤직 비디오와 광고를 한 편씩 찍었군요. 어떤 것들이었죠?"

"걸 그룹 피앙세의 '질투'란 뮤직 비디오였고 광고는 동영그룹의 커피 광고였습니다."

"아… 당신이 바로 그 남자군요!"

질문은 정일호가 먼저 시작했는데 갑자기 강형도가 소리를 질렀다.

강형도는 강도영이 누군지 알고 있었던 모양이었다.

"강 위원, 그 광고 봤어?"

"봤죠. 무척 잘 만든 광고였습니다. 아마 다른 사람들도 봤을걸요?"

강형도가 민준기와 신은서를 바라보며 동의를 구했다.

민준기는 모르는 표정이었지만 신은서가 고개를 가볍게 끄덕이며 강도영의 얼굴에서 시선을 떼지 않았다.

그녀 역시 봤다는 표정이었다.

신은서가 동의를 표시하자 강형도가 대신 나서서 질문을 시작했다.

"연기를 해본 경험은 있어요?"

"예, 대학로에 있는 비상에서 5년 동안 연극을 했습니다."

"아하, 그래서 표정 연기가 살아 있었던 거군요. 광고에서 강도영 씨의 표정 연기가 참 좋았습니다."

"감사합니다."

"하지만 여기는 영화 오디션장이에요. 대본에서 원하는 감정의 충실도와 대사의 전달력, 그리고 표정 등이 모두 합쳐져야 심사 위원들을 감동시킬 수 있다는 거 꼭 기억해 주시기 바랍니다. 자, 그럼 시작해 볼까요?"

강형도의 지시에 강도영이 천천히 자리에서 일어나 무대 쪽으로 걸어갔다.

회사의 입사 면접처럼 까다롭지 않았으나 의자에 앉아 심사 위원들의 얼굴을 대하자 낯선 불편함이 가슴속에 가득 들어찼다.

하지만 무대에 서자 그 불편함과 긴장감이 서서히 사라져 갔다.

*   *   *

신은서는 오디션에 초청한다는 태인영화사의 연락을 받고 한동안 고민하다 참가하겠다는 연락을 보냈다.

어차피 출연하기로 결정한 이상 영화가 성공해야 된다는 책임감 때문이었다.

그녀는 거의 비슷한 시기에 드라마와 영화의 콜을 동시에 받았다.

SDN에서 시작하는 청춘 드라마 '그대를 향한 그리움'과 사극 영화 '용의 칼'의 바로 그것이었다.

그녀의 나이 스물다섯.

스무 살에 데뷔를 했으니 이제 5년 차에 불과했지만 이미 7편의 드라마를 찍었고 광고에 출연한 것도 20개가 넘었다.

현재 대중들에게 가장 사랑받은 여자 탤런트를 뽑으라면 언제나 열 손가락 안에 들 만큼 톱스타로 성장한 것은 2년 전부터였는데 최근 들어 그녀가 출연한 드라마들이 대박을 터뜨렸기 때문이다.

'그대를 향한 그리움'은 그녀를 톱스타 반열에 올려놓은 대박 작가 윤미경의 신작이었다.

인기를 유지하기 위해서 그리고 윤미경과의 관계를 지속하기 위해서라도 드라마에 출연하는 것이 훨씬 유리했다.

그럼에도 그녀가 '용의 칼'을 선택한 것은 영화를 해야 한다는 갈망 때문이었다.

배우의 최종 종착역은 결국 영화였다.

연기를 시작한 이상 대중들에게 선택받기 위해 온몸을 불태워 연기를 하고 싶다는 건 모든 배우의 꿈이었다.

그랬기에 그녀는 감독이 정일호라는 것을 알면서도 태인영화사의 계속되는 러브콜에 결국 응하고 말았다.

더군다나 배역도 그녀가 하고 싶었던 것이었다.

비운의 왕비. 사랑했으나 결국은 신하들의 손에 의해 마지막을 함께하지 못하고 목숨을 잃어야 하는 여인의 애틋함이 대본을 보는 순간 마음속을 차지했다.

이 배역은 자신을 위한 것이란 생각이 드는 순간부터 '용의 칼'은 그녀의 운명으로 받아들여졌다.

신은서가 강도영을 알게 된 것은 커피 광고로 인해서였다.

그녀는 탤런트였으니 각 방송사의 인기 드라마는 꼭꼭 챙겨보는 편이었는데 동영식품의 커피 광고는 골든타임 동안 계속해서 흘러나왔기에 자연스럽게 접하게 되었다.

처음에는 커피 광고의 남자 주인공을 보면서 그저 잘생겼다는 생각을 했지만 연이어 몇 번을 보게 되자 그의 표정 연기와 감수성이 눈으로 들어오기 시작했다.

단순한 광고 연기에 불과했으나 사람의 감정을 건드리는 그의 표정 연기는 기억에 남을 정도로 강렬한 것이었다.

오디션장으로 그가 들어올 때 단숨에 알아볼 수 있었다.

외모로는 절대 떨어지지 않는다는 신인 배우들 속에서도 그의 등장은 북극성처럼 찬란하게 빛나는 것 같았다.

"음······."

충격적인 비주얼에 스스로도 깜짝 놀랄 만큼 신음 소리가 새어 나왔다.

옆을 돌아보니 다른 심사 위원들도 자신과 비슷한 표정을 짓고 있는 게 보였다.

잠깐의 기본적인 면접이 끝나고 그가 무대로 올라갔다.

무대가 달라 보였다.

다른 참가자들이 섰을 때와 다르게 그는 혼자만의 존재감으로 무대를 완벽하게 채우고 있었다.

드디어 쪽대본으로 나눠준 대사의 그의 입에서 흘러나왔다.

"너희들은 누구의 신하란 말이냐. 이 나라가 누구 것이고 너희들은 누구에게 충성하는 자들이냐. 이 땅, 이 나라의 백성은 안중에 없고 너희들의 이익과 안위를 위해 대국에 대한 사대만을 고집하는……."

전율이 흘렀다.

그가 터뜨리는 고함과 뜨거운 열기가 무대를 장악하면서 고스란히 신은서의 가슴을 파고들었다.

그는 왕이 되어 백성을 팽개친 채 자신들의 안위를 걱정하는 신하들에 대한 분노를 활화산처럼 터뜨리고 있었다.

＊　　　　＊　　　　＊

"그대를 돌보지 못하고 먼저 떠나는 나를 원망하지 마오. 나의 사랑은 언제나 하나였고 죽어가는 지금 이 순간도 그러하니 내 눈을 적시는 것은 피가 아니라 그대를 향한 그리움뿐이구려. 내 먼저 가지만 그대를 향한 사랑은 거두지 않으리다……."

강도영의 대사가 지속되는 동안 신은서는 정신 줄을 놓고 말았다.

마지막 떠나는 님의 고백을 들은 것처럼 가슴은 울렁거렸고 마음이 아련하게 아파오기 시작했다.

아무것도 없는 무대에서 저 정도의 감성이라니, 눈으로 보고도 정말 믿기 어려웠다.

먹먹해진 가슴을 진정시키기 위해 물을 마실 때 정신없이 바라보고 있는 심사 위원들의 모습이 보였다.

그들은 강도영에게 시선을 고정시킨 채 입을 떡 벌리고 있었다.

제22장
용의 칼 |

"어떻게 됐어?"

서현탁이 누렇게 뜬 얼굴로 물었다.

놈은 잠깐 자리를 비운 사이에 강도영이 오디션장에 들어갔다는 것을 뒤늦게 알고 조바심에 안달했던 것 같았다.

"그럭저럭 봤다. 심사 위원들 얼굴 보니까 1차는 합격한 것 같아."

"그래?"

"이야기를 들어보니까 1차 합격자에 한해서 최종 평가를 통해 합격자를 통보해 준다네. 결과가 나올 때까지 기다려야지."

"결과는 언제 나온다는데?"

"일주일은 걸린단다."

"어휴, 그때까지 어떻게 기다려. 미치고 환장하겠네. 뭘 그렇게 맨날 기다리냐. 씨발, 우리 숙명이 기다리는 거야, 뭐야?"

"그만 투덜대고 가자. 어이, 매니저. 차나 대."

"지랄한다. 우리가 차가 어디 있어. 은경이 누나도 가버렸는데?"

"왜 없어, 인마. 큰 차 있잖아."

"큰 차라니?"

"버스하고 지하철이 다 우리 자동차인 거 몰라?"

"크크크……."

태연하게 말하는 강도영을 향해 서현탁이 늑대 웃음소리를 흘려냈다.

이놈 이거, 이렇게 농담하는 걸 보니 오디션은 잘 본 모양이다.

*　　　　*　　　　*

"알아봤어?"

"예. 거기 조 감독하고 직접 통화했습니다."

"뭐래?"

"잘 봤다네요. 참가자 중에서 단연 돋보였다고 하던데요."

윤철욱이 씨익 웃으며 대답하자 이승환이 자신의 탁자를 손가락으로 톡톡 두드렸다.

좋은 소식임에도 그의 얼굴에는 웃음이 만들어지지 않았다.

"합격하는 건 의미가 없어. 걔들이 뭘 주느냐가 문제지. 괜히 떨거지 배역이나 맡을 거면 안 하니만 못하게 된다."

"정일호만 있는 게 아니잖습니까. 제가 알아본 바에 의하면 캐스팅 디렉터 강형도가 심사 위원으로 참여했답니다. 공정하게 평가하지 않겠습니까."

"윤 실장, 아직도 이 세계를 몰라? 강형도는 여우 같은 놈이야. 절대 정일호의 행동에 제동을 걸 놈이 아니다."

"이번에도 낙하산을 만들면 그놈은 병신입니다. 영화를 말아먹겠다고 작정한 거지요."

"정일호는 그렇게 생각하지 않을 수도 있어. 기껏 조연 자리 하나 때문에 영화가 망한다고 생각하겠냐?"

손가락을 깍지 끼고 입술에 댄 이승환이 눈을 빛내며 윤철욱을 가만히 쳐다봤다.

그가 걱정하고 있는 것은 정일호가 특정 기획사와의 뒷거래를 통해 중요 조연 중의 하나로 손꼽히는 호위 무사 배역을 다른 놈에게 주는 것이었다.

영화계에서는 비일비재로 발생하는 일이다.

가장 우려되는 것은 삼고초려를 통해 모셔온 신은서의 '사하라' 엔터테인먼트였다.

그들의 정보에 의하면 '사하라' 쪽에서도 두 명의 신인이 오디션에 응모한 것으로 알려져 있었다.

뒷거래가 가장 활발하게 발생하는 건 톱스타를 영화에 출연시키면서 끼워 넣기라는 이면 조건이 성립될 때였다.

이승환의 말을 들은 윤철욱의 표정이 심각하게 변했다.

오디션을 통해 중요 조연의 배역을 따느냐 못 따느냐에 따라 강도영의 운명이 결정 날 수 있기 때문이었다.

"어쩌실 생각입니까?"

"뭘 어째. 장난치지 못하게 만들어야지."

"어떻게요?"

"내가 정일호를 만나겠다."

"정일호는 독고다이입니다. 만약 뒷거래가 성사된 상태라면 사장님이 만난다고 해서 결과가 바뀌지 않을 겁니다."

"내가 정일호를 만나려는 이유는 두 가지다. 첫째는 강도영을 어떻게 쓸 건지 알아보는 것이고. 두 번째는 뒷거래가 있다는 판단이 서면 가차 없이 때려치우기 위함이야. 좆같은 놈의 장난에 나는 놀아날 생각이 전혀 없다."

"아이고!"

이승환이 칼같이 끊어버리자 윤철욱의 입에서 곡소리가 나왔다.

그는 비명을 지르며 이승환을 바라보고 있었는데 절대 그러면 안 된다는 간절함이 잔뜩 담겨 있었다.

이승환이 빙그레 웃으며 자리에서 일어난 것은 윤철욱이 급하게 입을 열려고 할 때였다.

"걱정하지 마. 오늘 중으로 내가 도영이에 대해서 결정 내고 올 테니까."

*   *   *

이승환은 일식집 '미락'의 문을 열고 안으로 들어섰다.

약속을 잡은 것은 오디션이 열린 다음 날인데 그의 전화에 정일호는 흔쾌히 응했다.

낌새가 이상했으나 그렇다고 그런 내색을 할 이승환이 아니었다.

마담의 안내에 따라 미리 예약해 둔 방으로 들어섰다.

예상했던 것처럼 정일호는 아직도 오지 않았다.

쓰게 웃은 이승환이 자리를 잡고 편하게 앉았다. 안쪽 상석은 비워두고 자신은 맞은편에 앉았으니 정일호는 들어오면서 그의 등을 보게 될 것이다.

휴대폰을 꺼내 연예계 뉴스를 검색하기 시작했다.

그는 언제나 '페이스'에 소속된 배우들에 대한 기사를 검색하는 게 버릇이 되어 있다.

얼마나 시간이 지났을까.

발걸음 소리가 들리더니 문이 열리며 정일호가 나타났다.

"어이구, 정 감독님, 어서 오십시오."

"사장님, 잘 지내셨죠?"

정일호가 이승환의 손을 잡은 후 자연스럽게 비어 있는 상석으로 향했다.

당연한 듯 걸음을 옮기는 그의 발길에는 당당함이 묻어 있었다.

"요즘 영화 준비 하시느라 바쁘신데 제가 괜히 전화를 한 게 아닌가 걱정됩니다."

"별말씀을요. 오디션까지 끝났기 때문에 조금 여유가 있습니다. 영화 한두 번 만드는 것도 아니잖습니까."

"하하… 그건 그렇지요."

정일호의 자신 있는 대답에 이승환이 너털웃음을 흘렸다.

그러고는 곧바로 서빙을 위해 들어온 여직원에게 최고급 코스 요리를 시켰다.

신변잡기에 대한 인사를 주고받는 동안 음식이 나오기 시작했다.

오늘은 이승환이 작정하고 왔기 때문에 둘이 앉았음에도

'청매실'이 세 병이나 올라왔다.

"이번 오디션에 엄청난 신인들이 몰렸다고 들었습니다. 심사를 하느라 힘드셨겠습니다."

"오랜만에 하는 오디션이라 그런지 정말 많이도 몰렸더군요. 그래도 서류 심사로 대부분 걸렀기 때문에 하루 만에 끝낼 수 있었습니다."

"수준은 어떻던가요?"

"요즘 애들 연기력이 장난 아닙디다. 괜찮은 놈들이 그렇게 많은지 몰랐습니다. 고르느라고 애를 먹었어요."

"아, 그렇군요. 자, 먼저 한잔하실까요?"

이승환이 술병을 들어 정일호의 잔에 따른 후 자연스럽게 병을 넘겨주고 자신의 잔에도 술을 채웠다.

그러고는 단박에 잔을 비우며 은근하게 입을 열었다.

"우리 애도 하나 오디션에 참가했습니다. 꽤나 잘 봤다고 하던데 정 감독님이 보시기엔 괜찮았습니까?"

"강도영 말씀이시군요."

"그렇습니다."

"내가 알기로 페이스는 신인을 거의 키우지 않는다고 들었는데 무슨 바람이 든 겁니까? 걔가 사장님이 데리고 있다는 소릴 듣고 놀랐습니다."

"보셨으니 알 텐데요?"

여유 있게 자신의 술잔을 비운 정일호가 슬쩍 바라보며 운을 떼자 이승환의 눈빛이 변했다.

강도영, 놈은 타고났다.

처음 회사를 만든 이후 그놈처럼 단시간 만에 두각을 나타내는 놈은 처음이다.

그랬기에 이승환은 반문을 하며 정일호의 대답을 기다렸다.

그러자 정일호가 고개를 끄덕거리며 쓴웃음을 흘려냈다.

이승환의 반문은 자신의 의도를 묻는 것이었다. 그 역시 영화판에 굴러먹은 세월이 있으니 이런 것은 기본 중의 기본이다.

"오늘 저를 보자고 하신 건 결과가 궁금해서 그런 거죠?"

"그렇습니다."

"다행입니다. 혹시 부탁 같은 걸 할까 봐 걱정했는데."

"결과가 안 좋다는 소린가요?"

"제가 망설이다 이 자리에 나온 건 결과를 알려 드리기 위해섭니다. 술 한잔 거나하게 얻어먹은 후에 고맙다고 인사나 드리려고요."

"…무슨 말씀이신지?"

"강도영, 그놈 물건입니다. 짐작하셨겠지만 호위 무사 역에는 내정된 놈이 있었습니다. 그러나 나는 강도영을 쓰기로 했습니다. 이사장님은 어떻게 보는지 모르겠지만 나 역시 영화에 청춘을 바친 놈이오. 이번 영화 잘 만들어볼 테니 걱정하지 마세요. 나는 호위 무사 역에 강도영을 쓸 겁니다."

*   *   *

강도영이 이승환에게 전화를 받은 것은 그날 저녁 10시가 넘었을 때였다.

짧았지만 너무나 기쁜 소식.

이승환은 강도영에게 합격했다는 말과 함께 이번 오디션에서 가장 중요 배역인 호위 무사 역을 맡게 될 거란 소식을 전해줬다.

어떻게 전화를 끊었는지 알 수 없었다.

분명 오디션의 합격 여부는 일주일 후에나 알 수 있다고 했는데 사장은 어떻게 이 사실을 알게 된 것일까.

의문은 들었으나 한 톨의 의심도 가지지 않았다.

'페이스'의 대표이사는 고스톱으로 딴 것이 아니었으니 확실한 정보를 입수한 후에 전화한 것이 분명했다.

강도영이 전화를 끊고 멍하게 서 있자 침대에 누워 있던 강우성이 자리에서 일어났다.

"형, 왜 그래? 무슨 일 있어?"

"우성아, 형 오디션 합격했단다."

"정말이야!"

"그래. 지금 전화, 사장님한테서 온 거야."

"축하해, 형. 정말 축하해!"

믿지 못하겠다는 듯 주저하던 강우성이 뛰어들며 강도영의 어깨를 붙잡고 끌어안았다.

영화에 출연하고 싶어 하는 형의 간절한 마음을 누구보다 잘 알고 있었기에 지금 이 순간의 기쁨은 말로 표현할 수 없을 정도였다.

"엄마, 아빠!"

강도영의 몸을 붙들고 고래고래 소리를 지르던 강우성이 방문을 열고 뛰쳐나가며 고함을 치자 거실에 있던 강성두와 정인숙이 놀란 눈으로 그를 바라봤다.

"형이 오디션 합격했데요!"

"정말이니?"

"지금 막 전화를 받았어요. 형, 이제 영화에 출연한다고요!"

"아이고, 우진아!"

강우성에게 이야기를 들은 정인숙이 동생을 따라 쑥스러운 표정으로 걸어 나오는 강도영을 향해 뛰어갔다.

그런 후 아들을 품에 안고 수고했다며 등을 두드렸다.

얼마나 기다리던 소식인지 너무나 잘 안다.

아들은 속에 있는 말을 잘 하는 성격이 아니었으나 배 아파 낳은 자식이었고 오랜 세월 키워왔으니 무엇을 생각하고 원하는지 본능적으로 알 수 있었다.

오랜 세월 힘들어했던 아들.

그 아들이 간절하게 원했던 꿈을 이뤘다는 사실에 그녀의
눈에서 눈물이 흐르기 시작했다.

고맙다… 너무나 고맙구나. 잘해줘서…….

                    *   *   *

오디션 합격자가 정식으로 발표되고 강도영이 인사를 하러
간 자리에서 정일호는 영화 대본을 주며 대본 리딩 일정을 알
려주었다.

중요 조연이었고 화면에 잡히는 횟수는 많았으나 강도영이
맡은 호위 무사 역의 대사는 그렇게 많지 않았다.

그러나 행동과 표정 연기는 상당한 분량을 차지했는데 특
히 액션 부분이 많았다.

"오늘부터 몸 만들고 검술 훈련을 해라. 2개월 후에 본격적
인 촬영이 시작되니까 그때까지 제대로 준비해 놔. 액션은 '코
리아 액션 스쿨'에서 맡았으니까 그쪽에 가면 도와줄 거다."

영화배우가 꿈이었으니 영화의 진행 과정은 누구보다 잘 알
고 있었다.

사극이었으나 '용의 칼'은 제목답게 상당 부분 액션 신이 나

온다.

군사의 운용에 관한 부분도 많았지만 소규모 전투에 관한 것은 강도영이 절반을 떠맡았기 때문에 그의 역할이 중요했다.

영화의 액션은 주연 영화배우가 캐스팅될 때 액션 스쿨도 거의 같은 시기에 계약이 된다.

얼마나 정교하게 액션을 만드느냐에 따라 영화의 질이 달라지기 때문에 감독들은 최고의 스턴트맨들을 기용하고 싶어 했다.

'코리아 액션 스쿨'은 우리나라에서 두 번째로 액션 전문 배우를 많이 보유한 단체였는데 수많은 영화에 참여한 경력이 있었다.

액션 감독들은 영화 대본이 나오면 액션 디렉터들과 함께 각본을 짜고 배우들과 함께 연습에 들어간다.

배우들의 대본 리딩과 거의 같은 시기에 완성하는 걸 목표로 삼는데 그때까지 완성하지 못하면 실전에 들어갔을 때 무참한 실패를 맛보기 때문이다.

강도영은 영화사에 다녀온 다음 날 곧바로 일산에 있는 '코리아 액션 스쿨'로 향했다.

아직 액션에 대한 각본조차 완성되지 않았지만 강도영은 액션 스쿨의 원장인 조철상에게 미리 전화를 한 후 일산으로 향했다.

사무실에서 만난 조철상은 시리도록 차가운 눈을 가진 사람이었다.

"반갑소, 나는 조철상입니다."

예전 검은 세계에 있었다고 하더니 말투에서 풍겨 나오는 위압감이 대단했다.

그럼에도 강도영은 정중하게 고개를 숙여 인사를 한 후 그를 향해 시선을 똑바로 던졌다.

"강도영입니다. 감독님께서 이곳에 가면 도와주실 거라 했습니다."

"아직 액션 플랜은 준비 중이오. 배우가 함께 연습하려면 2주 정도 걸릴 거요. 너무 일찍 와서 지금은 연습하기 힘든데 괜한 헛걸음을 한 것 같습니다."

"알고 있습니다. 저는 기초적인 것부터 배우려고 왔으니까 도와주십시오. 아직 신인이라 액션 연기는 처음이거든요."

"검은 잡아본 적이 있습니까?"

"없습니다."

"무술은?"

"제대로 배운 적은 없지만 운동신경은 꽤 있습니다."

"그것참… 발차기 한번 해보시오."

"여기서 말입니까?"

강도영의 질문에 조철상은 대답 대신 고개만 끄덕였다.

수준을 알아보려는 것일까?

그의 요구에 강도영이 천천히 자세를 잡고 공중을 향해 왼발을 축으로 오른발을 끌어 올렸다.

쉬익!

눈 깜짝할 사이에 돌아간 회전 킥.

날카로운 소음과 함께 돌려차기를 한 강도영이 원래의 위치로 다리를 고정시키자 조철상의 나른했던 얼굴에서 황당하다는 표정이 떠올랐다.

강도영의 발차기는 웬만한 무술 유단자 쯤 쩌 먹을 정도로 완벽했기 때문이다.

조철상은 발차기를 끝내고 자신을 바라보는 강도영을 노려봤다.

'뭐라고, 무술을 배운 적이 없어?'

처음 만난 자리에서 스턴트 감독에게 거짓말을 하는 저놈의 의도가 뭔지 대체 모르겠다.

그는 태권도와 합기도는 물론이고 유술과 검도 등을 모두 합하면 공인 20단이 넘는 사람이었다.

그 옛날 철이 없던 젊은 시절에는 검은 세계에 몸담은 채 인생을 허비했지만 어머님이 돌아가시며 남긴 유언으로 인해 특전사에 입대하면서 새로운 삶을 살기 시작했다.

특전사에 있을 때 그의 별명은 검은 악마였다.

상사로 제대하기 전까지 신병들의 교관을 맡았는데 그의 교육이 얼마나 무시무시했던지 다친 사람도 여럿 있었다.

제대를 한 후 스턴트맨의 길을 걷다가 스스로 독립해서 액션 스쿨을 차리고 현재에 와서는 대한민국 탑3에 드는 스턴트 전문 집단을 양성했다.

액션 스쿨에서 주로 하는 일은 두 가지였다.

하나는 영화나 드라마를 수주해서 액션 장면을 소화해 주는 것이었고 또 하나는 스턴트맨들을 양성하는 것이었다.

강도영을 바라보는 조철상의 이맛살은 잔뜩 좁혀져 있었다.

벌써 15년 동안 액션 스쿨을 운영해 왔지만 배우가 이 정도의 돌려차기를 하는 건 처음 봤다.

물론 무술을 배운 놈들 중에는 제법 한가락 하는 배우들도 있었으나 그가 감탄을 터뜨릴 정도의 몸놀림을 본 건 이번이 처음이다.

킥의 회전 각도와 디딤발의 위치, 상체의 동선 등에서 조금 허점이 보였지만 이 정도만 가지고도 당장 촬영이 가능할 것 같았다.

놈이 정말 무술을 배운 적이 없다면 엄청난 운동신경을 가진 게 틀림없었다.

"강도영 씨라고 했죠?"

"그렇습니다."

"당신 발차기를 보니까 상당한 수준이군요. 그런 솜씨를 가지고 뭘 배우겠다는 겁니까?"

"아까 말씀드린 것처럼 제가 운동신경이 괜찮은 편입니다. 하지만 정식으로 무술을 배운 적이 없기 때문에 동작에서 자연스럽지 않은 부분이 많을 것 같아요. 저는 배우로서 완벽한 연기를 하고 싶습니다."

"어느 정도 수준을 바라는 거요?"

"모든 연기는 제가 스턴트맨 없이 직접 하는 게 목표입니다. 그래야 화면이 살고 제가 산다고 생각합니다. 감독님, 시키는 건 무조건 하겠습니다. 제가 완벽한 연기를 할 수 있도록 도와주십시오."

"음… 지금 하고 있는 일은 없습니까?"

"신인이라 특별히 하는 일은 없습니다."

"그것참… 좋습니다. 괴로울 거요, 미치도록. 그래도 하겠소?"

"예."

"그렇다면 옷을 갈아입고 비룡관으로 나오시오. 미리 말해 두지만 나는 시간이 많지 않은 사람이라 강도영 씨를 계속 지켜볼 수는 없소. 원하는 걸 얻도록 방법은 가르쳐 주겠지만 얼마나 얻느냐는 도영 씨에게 달렸다는 거 잊지 마시오."

＊   ＊   ＊

강도영은 스턴트맨들을 훈련시키는 비룡관으로 매일 나가서 훈련을 시작했다.

조철상이 중점적으로 가르친 것은 주로 발차기와 검술이었다.

영화의 액션에서 나오는 것은 대부분 검술과 킥이었기 때문에 조철상은 강도영에게 매일 아침 훈련할 내용을 알려주고 트레이닝 코치에게는 인정사정없이 굴리라는 지시를 내렸다.

검술은 단순히 검을 휘두르는 것이 아니었다.

손목과 몸통의 회전, 다리의 스태프를 이용한 이동이 자유자재로 필요했으며 검을 뻗고 돌리는 동작들이 셀 수 없이 많았다.

킥도 마찬가지였다.

앞차기는 기본이었고 옆차기와 날아차기, 돌려차기, 이중 돌려차기 등 기술만 나열해도 A4 한 페이가 꽉 찰 정도였다.

조철상의 훈련 방식은 옆에서 구경하던 스턴트맨들이 혀를 내두를 정도로 강도가 높았다.

오전에는 킥을 연습했고 오후에는 저녁 6시까지 꼬박 검술을 연마했는데 일과가 끝나면 일어서지 못할 정도로 녹초가 되었다.

시간은 무섭게 흘러갔다.

'코리아 액션 스쿨'에서 훈련을 시작한 게 어제 같은데 벌써 한 달 반이란 시간이 훌쩍 지나가 버렸다.

그 기간 동안 강도영은 피나는 노력을 했고 한 달 반이란 시간이 지나자 이제는 거의 날아다니는 것처럼 보일 정도로 몸놀림이 무섭게 변해 있었다.

조철상이 비룡관에 나타나 강도영을 부른 것은 검술 훈련을 마치고 샤워를 하기 위해 자리를 옮길 때였다.

그의 얼굴에는 웃음이 담겨 있었는데 오래전부터 강도영이 훈련하는 장면을 지켜보고 있었던 것 같았다.

"도영아, 이리 와봐라."

"예, 감독님."

"오늘부로 네 개인 훈련은 마친다. 내일부터는 우리 애들과 실전 연습을 할 테니 그렇게 알고 있어."

"액션 시나리오가 완성되었습니까?"

"그래. 이제부터가 진짜니까 각오해. 지금까지 훈련한 것은 실전에 들어가기 위한 전초전에 불과한 거야. 보름 후에 대본 리딩이 있다며?"

"예."

"그것도 중요할 텐데 연습은 한 거냐?"

"제가 맡은 배역은 대사가 별로 없어서요."

"푸하하… 너는 몸으로 때우는 배우구나. 대사도 없는 배우라니, 난 그런 배우 처음 본다."

"없는 건 아닌데요. 별도로 무지막지하게 연습할 정도는 아니란 거죠."

"알았다, 인마. 어쨌든 그동안 고생했어. 지금까지 훈련한 걸 바탕으로 실전에 들어가면 이번 액션 신은 최고로 뽑아질 것 같다."

"고맙습니다."

"고맙긴… 해준 게 없는데 뭐가 고마워. 내가 스턴트맨을 20년 동안 했고 애들을 가르친 것도 15년이나 됐지만 너 같은 놈은 처음 본다. 넌 분명 괜찮은 배우가 될 거다."

*   *   *

조철상은 액션 시나리오를 짜면서 와이어 액션은 과감하게 빼버렸다.

강도영의 의지를 감안한 그의 배려였다.

와이어 액션은 어쩌면 액션 신에서 계륵과 같은 존재였다.

그 나름대로의 효과도 있지만 눈이 높아질 대로 높아진 관중의 눈으로 본다면 그건 눈요깃감에 지나지 않기 때문이다.

관객을 감동시키기 위해서는 실전을 방불케 하는 전투 신이 필요했다.

그동안 와이어 액션을 등장시킨 이유는 배우들의 액션 연기가 부족했기 때문이지 효과가 컸기 때문은 아니었다.

관객들을 전율케 만들 정도의 액션 신이란 눈앞에서 벌어지는 것처럼 생생하고 역동적이며 배우들의 몸짓 하나에 몸이 흔들릴 정도의 긴장감을 느낄 때 가능해진다.

조철상이 와이어 액션을 모두 빼버린 것은 강도영이란 존재가 있기 때문이었다.

불과 한 달 반이 지났을 뿐인데도 강도영은 전문 스턴트맨들조차 근접할 수 없을 정도의 무술 실력을 키웠다.

정말 운동신경 하나는 타고난 놈이었다.

그가 알기로 '용의 칼'의 촬영 기간은 10개월이라고 들었다.

그 이야기는 액션 신의 촬영 준비 기간이 최소 5개월 정도 여유가 있다는 뜻이었다.

지금도 이 정도의 실력을 키웠으니 그 기간이 더해진다면 강도영의 진화는 엄청난 변화를 보이게 될 것이다.

*　　　　*　　　　*

강도영은 조철상의 지시에 따라 스턴트맨들과 실전 연습에 들어갔다.

잘 짜인 각본에 따라 강도영은 방어와 공격, 장소 변화에 따른 이동 경로를 하나씩 습득해 나갔다.

혼자 훈련할 때와는 확연하게 달랐다.

비룡관에서 검술 훈련을 하거나 킥 연습을 할 때는 주로 혼자 훈련했고 실전 감각을 익히기 위해 자유 대련을 했지만 이렇게 집단 액션 신에 대한 준비에 들어가자 모든 것이 낯설었고 힘들었다.

완벽한 영상을 만들기 위해서는 스턴트맨들과의 팀워크에 한 치의 오차도 발생하면 안 된다.

만약 약속된 움직임을 위배하게 된다면 치명적인 부상으로 직결되기 때문이었다.

머리칼이 삐쭉 설 만큼의 긴장감이 그래서 필요했다.

*   *   *

강도영은 대본 리딩이 정해진 날짜에 맞춰 태인영화사로 향했다.

그의 대사는 남녀 주인공이나 다른 조연들에 비해서 턱없이 적었지만 모든 배우가 참여해서 마지막으로 대본을 체크하는 행사였기 때문에 반드시 참석해야 하는 자리였다.

대본 리딩을 하는 이유는 리딩을 통해 배우들의 감성을 체크하고 어색한 대사를 최종 수정 하기 위함이었다.

시나리오 작가가 중간에 앉아 리딩을 이끌어가는 것도 그런 이유 때문이었다.

강도영이 영화사로 들어가 대본 리딩 장소로 들어가자 먼저 와 있던 조 감독이 웃는 얼굴로 맞아들였다.

신인이기 때문에 30분이나 먼저 왔지만 벌써 오디션으로 발탁된 신인들이 전부 와 있었고 심지어 영화계의 터줏대감으로 불리며 각종 영화에 감초처럼 출연하는 성동국도 자리에 앉아 있었다.

조 감독 민경수는 강도영이 인사를 하자 웃음으로 맞아주며 그를 성동국 쪽으로 데려갔다.

"형님, 얘가 이번에 호위 무사 역을 맡은 강도영입니다. 인사 받으시죠."

그의 소개에 맞춰 강도영이 허리를 십오 도 각도로 꺾으며 정중하게 인사를 했다.

성동국이 목만 돌려 시선을 맞췄다가 강도영의 얼굴을 확인하고 천천히 의자를 돌렸다.

"네가 오디션에서 1등으로 통과했다는 친구구나. 아따, 정말 잘생겼네."

"감사합니다."

"내가 원래 얼굴이 이 모양이라서 잘생긴 놈들을 보면 기생 오래비라고 부르는데 너한테는 그 말이 어울리지 않는구나.

너 여자깨나 울렸겠다?"

"아닙니다. 여자는 한 번도 사귀어본 적이 없습니다."

"정말이야?"

"예, 정말입니다."

"왜?"

"연기 공부하느라 바빴습니다."

"크크크… 그 거짓말 믿어주마. 앉아, 다리 아프게 서 있지 말고."

성동국이 이상한 웃음을 흘리며 강도영을 향해 빈 의자를 가리켰다.

하지만 그것은 강도영에게만 그런 것이 아니라 다음 손짓을 통해 아직도 서 있는 신인들까지 자리에 앉혔다.

성동국은 나이가 벌써 쉰둘로 웬만한 감독들조차 어려워하는 베테랑이었다.

'용의 칼'에서는 왕의 천적인 영의정 역을 맡았는데 반란군의 수장이었다.

차라리 앉지 않는 게 편했을 것 같았다.

성동국이 신인들에게 관심을 돌리고 대본에 코를 박은 채 중얼거릴 때부터 배우들이 하나둘씩 나타났다.

자리에 앉아 있던 신인들은 기계처럼 일어나 선배 배우들을 향해 인사를 했는데 마치 군대의 신병들처럼 보일 정도였다.

그러던 어느 한순간.

출입구 쪽이 환하게 밝아지며 한 여인이 등장했다.

바로 여주인공을 맡은 신은서였다.

그녀는 봄에 맞는 미색 투피스를 입고 왔는데 아름다운 외모와 더없이 잘 어울려 한 떨기 백합을 연상시켰다.

천천히 다가온 그녀가 신병처럼 늘어서 있는 신인 배우들을 향해 다가서며 하나씩 인사를 했다.

이전에 먼저 들어왔던 선배들과는 다르게 신인들이 인사를할 때마다 그녀는 더없이 정중하게 마주 인사를 하며 웃어주었다.

그리고 강도영의 앞에 왔을 때 상아 같은 이를 드러내며 입을 열었다.

"강도영 씨죠?"

"예, 제가 강도영입니다."

"호위 무사는 저와 호흡을 잘 맞춰야 하는 배역이에요. 우리 잘해봐요."

단순한 인사가 아니다.

다른 신인들에게는 가볍게 인사만 했던 그녀가 강도영에게는 말까지 붙인 건 오디션을 1등으로 통과한 신인에게 배려를해줬다는 느낌이 강했다.

그녀가 자리에 앉고 마지막으로 들어온 남자 주인공 민준기까지 의자를 차지한 후에야 신인들은 자신의 자리에 앉았다.

모든 배우가 오자 조 감독인 민경수의 사회로 대본 리딩이 시작되었다.

강도영은 자신이 가지고 온 대본을 살피며 선배들이 리딩하는 장면을 지켜보았다.

그저 단순히 대본을 읽을 거란 그의 판단은 선배들의 행동을 보면서 턱없이 잘못된 것이란 걸 알았다.

민준기는 물론이고 신은서, 성동국 등 모든 배우가 촬영을 하는 것처럼 감정을 잡은 채 대본을 읽었다.

웃는 장면에서는 웃었고 우는 장면에서는 실제로 울면서 그들은 자신의 역할을 진지하게 연기했다.

자신의 순서가 다가오자 강도영은 마른침을 삼켰다.

맞은편에 앉아 있던 신은서가 그런 강도영을 바라봤다. 강도영의 대사가 그와 연결되기 때문인 것 같았다.

*　　　　　*　　　　　*

정일호는 모든 촬영 준비가 끝나자 다시 한 번 시나리오부터 촬영 일정과 장소, 예산에 관한 것까지 꼼꼼하게 체크했다.

벌써 다섯 번째 영화 촬영이었기 때문에 감독이 체크해야 할 것들에 대해서는 빠삭했으나 이번만큼은 반드시 성공하겠다는 집념이 어느 때보다 강해서 그는 최근 들어 야근을 밥 먹듯이 하고 있었다.

최근 들어 PJ 회장인 아버지의 기력이 예전보다 급격히 떨어진 것이 그를 이렇게 미친 듯이 일에 몰두하도록 만들었다.

성과를 보여야 아버지에게 확실한 눈도장을 받을 수 있다는 조바심.

그 조바심은 그에게 쓰디쓴 약이었고 강한 집념을 만들어 낸 원인이었다.

대본 리딩이 끝난 지 벌써 10일이 지났고 3일 후면 첫 촬영이 시작되기 때문에 그의 긴장감은 최고조를 이루고 있었다.

마지막으로 편집 과정까지 체크를 끝낸 정일호가 맞은편에 앉아 산더미처럼 서류를 쌓아놓고 있는 조 감독 민경수를 향해 불쑥 입을 열었다.

"조 감독, 액션 팀은 어떻게 되고 있어?"

"지금 한참 훈련 중입니다. 어제 전화해 봤더니 어느 정도 마무리가 돼가고 있는 중이랍니다."

"가서 봤어?"

"아뇨, 워낙 바빠서……."

"야, 조 감독! 용의 칼에서 가장 중요한 것 중에 하나가 액션 신인데 그것도 지금까지 체크하지 않았단 말이야?"

"액션 신은 급하지 않습니다. 일정에도 액션 신은 5개월 후에나 잡혀 있기 때문에 바쁜 일 먼저 체크하느라 확인하지 못했습니다."

"이런, 젠장. 너 저번에 '밤의 황제'가 액션 신 때문에 폭망한 거 못 봤어? 그 새끼들이 잘못하면 영화 완전히 말아먹는다고!"

"…조 대표가 그럴 리 없습니다. 그 사람은 일을 대충 할 사람이 아닙니다."

"걔네 지금 몇 개나 하고 있는 줄 알아? 다섯 개다, 다섯 개! 조 대표가 아무리 실력이 있으면 뭐 하냐. 다른 일에 정신이 팔려 있으면 우리 건 좆 되는 거야. 다른 것 때문에 초짜들 잔뜩 집어넣으면 어떻게 할래?"

"그게……."

"안 되겠다. 가보자. 가서 내가 어디까지 준비했는지 직접 봐야겠다. 차 대, 지금 당장 갈 테니까!"

＊　　　　＊　　　　＊

'코리아 액션 스쿨'은 국내 탑3의 스턴트 전문 집단답게 하는 일이 많았다.

영화는 물론이고 각 방송국의 드라마와 계약을 해서 액션을 촬영했고 뮤직 비디오와 각종 행사에까지 참여를 했기 때문에 한 해 수주하는 금액이 100억 가까이 됐다.

'코리아 액션 스쿨'에서 활동하고 있는 스턴트맨의 숫자는 남녀 합해서 무려 130여 명이었는데 그들은 모두 각종 무술의 유단자들이었다.

숫자는 많았어도 일손은 언제나 부족했다.

워낙 일이 많았기 때문에 스턴트맨들이 중복해서 출연하는 것이 당연하게 여겨질 정도였다.

하지만 조철상은 다른 때와 달리 '용의 칼' 전담 팀을 별도로 만들었다.

욕심.

그렇다, 강도영이라는 배우가 만들어낸 욕심이다.

액션 스쿨에 강도영이 찾아왔을 때 그는 대충 교육이나 시키다가 내보내려 했다.

젊은 놈의 치기에 맞춰서 장단을 추고 싶은 마음은 티끌만큼도 없었기 때문이다.

그러나 시간이 지나면서 강도영의 진화를 보는 순간 자신도 모르게 욕심이 생겨났다.

액션 신의 주인공은 배우였고 스턴트맨들은 그를 도와 괜찮은 영상을 만들어내는 것이 임무였다.

지금까지 수많은 배우와 작품을 했으나 배우들의 수준에

맞춰 시나리오를 짰기 때문에 막상 완성된 필름을 보면 허술한 부분이 너무나 많았다.

그럴 때마다 너무 아쉬워 한숨을 흘렸다.

누구나 감탄하고 누구나 진심으로 탄성을 내지르는 그런 작품을 만드는 것이 그의 꿈이었다.

스턴트 감독의 전설이 되는 것. '코리아 액션 스쿨'이 액션 쪽에서는 국내 최고라는 평가를 받는 것이 그가 지금까지 살아온 목표였으니 언젠가 반드시 그런 작품을 만들겠다는 생각을 했다.

그 꿈이 강도영으로 인해 꿈틀거렸다.

그랬기에 그는 '코리아 액션 스쿨'의 스턴트맨들 중에서 최고만을 가려 뽑아 전담 팀을 만들었던 것이다.

제23장
용의 칼 II

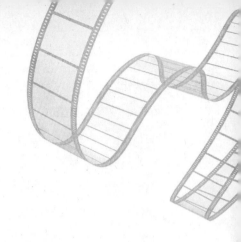

유전자 성형을 받은 후 변화된 것은 외모만이 아니었다.

기억력은 놀랄 정도로 좋아졌고 운동신경 쪽은 정상인이 도저히 따라올 수 없을 정도로 발달되어 스스로도 깜짝깜짝 놀랄 정도였다.

강도영이 처음 만났을 때 액션 감독조차 놀랄 정도의 발차기를 한 것은 획기적으로 개선된 운동신경과 반사 신경이 작용한 결과였다.

그리고 그 운동신경은 훈련을 거듭할수록 빠르게 진화해서 상대방의 움직임에 맞춰 자유자재로 움직일 수 있을 정도까지 증진되었다.

강도영은 검을 들고 자신을 겹겹이 포위하고 있는 적들의 바라보았다.

깊게 가라앉은 눈.

그리고 절대 지지 않겠다는 투지와 반드시 살아남아 누군가를 지킬 것이라는 의지가 절절히 담겨 있는 시선이었다.

영화에 담아야 할 감정을 그는 훈련 중에도 계속해서 유지시키려 노력하고 있었다.

그와 직접적으로 전투를 벌이는 스턴트맨의 숫자는 서른 명에 불과했지만 실제 영상에서는 CG가 동원되면서 수백 명으로 늘어날 것이다.

적들의 공격이 시작되자 강도영의 몸이 팽이처럼 돌며 좌측으로 빠져나갔다.

그냥 빠져나간 게 아니라 검을 천단세에서 진격세로 변화시키며 두 명의 적을 단박에 쓰러뜨리는 동작이었다.

연이어 펼치는 정교하고도 강력한 연환 공격.

압도적인 열세에서도 강도영은 적들 사이를 누비며 사방을 향해 검을 날렸다.

창… 창… 챙… 챙!

검과 검이 부딪치고 그가 지나갈 때마다 스턴트맨들이 팅겨져 나갔다.

강도영의 모습은 전신을 연상시킬 정도로 빠르고 강력했는데 손아귀에 쥐어진 검은 상대방과 부딪칠 때마다 기이하게 꺾이며 무자비한 살육을 펼쳤다.

                    *   *   *

정일호는 조 감독 민경수와 함께 일산에 있는 '코리아 액션 스쿨'의 주차장에 도착한 후 곧바로 조철상의 사무실로 들어갔다.

마침 조철상은 사무실에 있었는데 책상에는 잔뜩 서류를 쌓아놓고 정신없이 일을 하고 있는 중이었다.

"안녕하시오, 조 감독."

"아이구, 어쩐 일이십니까. 연락이라도 주고 오시지 그러셨습니까?"

조철상이 정일호를 확인한 후 자리에서 벌떡 일어나며 마주 다가와 손을 붙잡았다.

처음 강도영을 만났을 때의 그 시린 눈빛은 어디서도 찾아볼 수 없었다.

정일호는 영화계를 거의 장악하고 있는 PJ엔터테인먼트의 막강한 실력자였다.

지금은 비록 태인영화사에서 감독을 하고 있었지만 언제 PJ

의 실권을 틀어쥘지 알 수 없었다.

조철상이 정일호를 맞이하는 자세가 더없이 공손했던 건
다 그런 이유가 있었기 때문이다.

정일호가 불쑥 입을 연 것은 책상에 잔뜩 쌓여 있는 서류
들을 확인한 후였다.

"코리아가 일을 많이 한다더니 꽤 바쁜 모양이군요."

"요즘 들어 일이 많아지긴 했습니다. 모두 감독님 같은 분들
이 저희를 예쁘게 봐주셔서 그런 거죠. 항상 고맙게 생각하고
있습니다."

낌새가 이상하다는 걸 눈치챈 조철상의 웃음이 슬쩍 변했다.

정일호 같은 자가 갑자기 이곳에 왔다는 건 특별한 용무가
있다는 것을 의미했다.

하지만 정일호는 곧바로 본론을 이야기하지 않고 변죽을
올렸다.

"건물이 아주 크고 좋군요. 터를 좋은 곳에 잡으셨습니다."

"무리를 하는 바람에 융자를 많이 얻었습니다. 하하하… 이
자를 내느라 허리가 휘어질 지경이에요. 빛 좋은 개살굽니다."

"그래도 코리아는 알아주는 액션 스쿨이라 금방 좋아지겠
지요."

"최대한 열심히 해서 도와주시는 분들께 보답을 드려야 할
텐데 걱정입니다."

"그나저나 여기 강도영이 와 있죠?"

"예, 있습니다."

"잘하고 있나요?"

"열심히 하고 있습니다. 엄청 성실한 친구더군요."

대답을 한 조철상의 표정이 점점 가라앉았다.

정일호가 온 의도를 이제야 짐작했기 때문이다. 그리고 그 예측은 정확하게 들어맞았다.

일이 바쁘다 보니 영화사와 통화한 지 오래되긴 했다.

정일호는 자신이 다른 영화 때문에 '용의 칼'에 대한 작업을 소홀히 했다고 여겼을지 모른다.

"조 감독님 우리 촬영이 삼 일 후부터 시작됩니다. 아시죠?"

"알고 있습니다."

"걱정이 돼서 왔습니다. 우리 일이 제대로 진행되는지 궁금해서 견딜 수가 없더란 말이지요. 계약서에 따르면 진행 상황을 매주 보고하게 되어 있는데 코리아 쪽에서는 지금까지 한 번도 보고를 하지 않았더군요."

"그건 관행적으로……."

정일호의 말대로 계약서에는 그런 내용이 들어 있었다.

하지만 업계의 관행상 전화로 대부분을 처리했지 격식에 맞춰 보고한 적은 한 번도 없는 게 현실이었다.

그럼에도 정일호가 보고 운운한 것은 만약 제대로 일하지 못했다면 그냥 넘기지 않겠다는 경고성 멘트임이 분명했다.

조철상이 말꼬리를 흐리자 정일호의 목소리가 더욱 굳어졌다.

"좋소. 그건 그렇다 치고 그래, 우리 일은 어느 정도 진행되었습니까?"

"촬영하는 데 지장을 주지 않을 만큼 준비하고 있습니다. 앞으로 3달 정도면 완벽하게 준비가 될 테니 걱정하지 마십시오."

"제가 볼 수 있을까요?"

"지금 말입니까?"

"왜… 안 되나요?"

정일호가 눈을 슬쩍 치켜뜨며 반문을 했다.

표정도 변했고 음성도 올라갔는데 안 된다고 말하기가 어려울 만큼 정일호의 얼굴이 굳어져 갔다.

조철상이 쓴웃음을 지으며 대답을 했다.

"방금 훈련이 끝났기 때문에 드린 말씀입니다. 지금 샤워 중이겠지만 감독님이 보신다고 하니 바로 준비를 시키겠습니다."

*   *   *

연출을 맡고 있는 김기철이 소리를 질러 강도영을 불렀다.

"도영아, 호출!"

김기철은 액션 연출을 맡고 있을 뿐만 아니라 트레이너도 겸했는데 이번 '용의 칼' 전담 팀의 팀장을 맡고 있는 사람이었다.

샤워를 마치고 수건으로 몸을 닦던 강도영이 그의 외침을 듣고 의아하다는 표정을 지었다.

"누가요?"

"정일호 감독님이 오셨단다. 너를 찾으니까 얼른 가봐."

"아… 알겠습니다."

놀란 눈을 만든 강도영의 행동이 급해졌다.

지금으로서 정일호는 그에게 하나님과 동기 동창인 사람이었다.

강도영이 부리나케 옷을 갈아입는 동안 김기철이 다른 사람들을 향해 소리를 질렀다.

"전부 동작 그만. 대충 닦고 수련복으로 갈아입은 후 10분 내로 비룡관에 모여라."

"무슨 일인데 그러세요?"

샤워장에 있는 서른 명의 스턴트맨 중에서 가장 고참인 윤철영이 옷을 입은 채 질문을 하자 김기철의 얼굴이 일그러졌다.

"씨발, 우리 연습한 거 지금 당장 봐야겠단다."

"누가요?"

"정일호 감독. 빨리 서둘러. 대표님이 안 된다고 말하지 못한 모양이니까 쌍방울 터지도록 튀어나가. 우리야 까라면 까야 하는 인생 아니겠냐."

"그런 게 어디 있습니까! 보고 싶으면 내일 다시 오라고 그러세요. 우리가 무슨 로봇입니까, 방금 훈련 끝났는데 또 하라고 하게?"

"야, 개기지 마. 지금 개길 상황이 아냐!"

강도영은 거기까지만 듣고 급하게 샤워장을 빠져나와 조철상의 사무실로 뛰어갔다.

대충 짐작이 갔다.

정일호는 지금까지의 진행 상황을 직접 체크하기 위해 여기까지 온 게 분명했다.

이곳에서 훈련을 한 지 벌써 두 달하고도 반이 지났는데 정일호를 본 것은 대본 리딩 때 잠깐뿐이었다.

대신 연락을 주고받은 건 조 감독인 민경수였다.

그는 지금까지 세 번을 전화했는데 연습이 잘되어가는지 묻는 안부 인사가 전부였다.

사무실로 들어서자 커피 잔을 앞에 두고 이야기를 나누고 있던 정일호가 손을 들어 알은척을 했다.

하지만 얼굴에는 웃음이 보이지 않았다.

"어서 와라, 잘 지내고 있냐?"

"예, 감독님."

"훈련은?"

"열심히 하고 있습니다."

"여기 조 대표가 너를 무척 높게 평가해 주시더라. 예전보다 몸을 훨씬 좋아 보이는군."

"최선을 다하다 보니 좋아진 것 같습니다."

"매일 나왔다면서?"

"예."

"너도 생활이 있을 텐데 매일 나왔기야 했겠어. 그만큼 열심히 했다는 뜻이겠지……. 그래, 훈련은 어디까지 진행되었지?"

정일호가 조철상에게 물었던 내용을 다시 물었다.

두 사람의 대답을 확인할 생각인 것 같았다.

그는 강도영이 전력을 다해 훈련했다는 조철상의 말을 립 서비스로 받아들인 것이 분명했다.

"개인 훈련을 끝내고 지금은 액션 시나리오에 맞춰 팀원들과 손발을 맞추고 있습니다. 조금만 더 훈련하면 완벽한 모습을 보여 드릴 수 있을 것 같아요."

"방금 훈련을 끝냈다던데 맞냐?"

"예, 감독님."

"미안하지만 내가 훈련 모습을 보고 싶다고 했다. 여기까지 와서 내 눈으로 직접 확인하고 가야 마음이 편할 것 같아서 말이야. 어때, 괜찮겠냐?"

"아직… 손발을 완벽하게 맞추지 못했습니다. 한 달 정도 지나면 촬영할 수 있을 정도까지 만들 수 있으니까 그때 보시는 게 좋지 않을까요."

진심을 말한 것이다.

아직까지 완벽하게 준비되지 않았다고 판단했기 때문에 강도영은 정일호를 바라보면서 안타까운 시선을 보냈다.

그에게만은 가장 좋은 모습을 보여주고 싶었다.

하지만 강도영의 말을 들은 정일호의 표정은 점점 굳어졌다.

"됐어, 난 지금 봐야겠다. 힘들겠지만 준비해. 얼마나 열심히 준비했는지 보자."

*　　　　　*　　　　　*

강도영이 시연을 위해 먼저 사무실을 빠져나간 후 연출을 맡고 있는 김기철이 들어와 준비가 끝났다는 보고를 하자 조철상이 먼저 자리에서 일어나 두 사람을 비룡관으로 안내했다.

조철상은 그들보다 몇 발자국 앞서 걸으며 김기철과 작은 목소리로 뭔가 이야기를 주고받았는데 그것을 바라보는 정일호의 표정에서 점점 의심이 진해졌다.

"아무래도 낌새가 안 좋아. 강도영이 준비가 덜 됐다고 말한 게 나한테는 일을 아예 시작하지 못했다는 뜻으로 들린다. 이놈들, 무슨 꿍꿍이를 부리는 거 아냐?"

"금방 확인이 될 테니 가보시죠. 만약 우리가 원하는 수준이 전혀 준비되지 않았다면 당장 계약을 파기하고 '대한 액션 팀'에게 맡기겠습니다."

"시간이 부족한데 되겠어?"

"대한 액션 팀은 국내 탑입니다. 긴급으로 요청하면 들어줄 겁니다."

"대신 따블을 달라겠지."

"그건 코리아 쪽에 위약금조로 받아낼 수 있습니다. 물론 전부를 받아내기 힘들겠지만 법적 공방을 펼치면 타격받는 건 조 대표가 될 겁니다. 놈들은 무조건 내놓을 수밖에 없습니다."

민경수가 앞서 걸어가는 조철상을 바라보며 눈을 지그시 오므렸다.

각종 계약에 관련된 것은 전부 그의 소관이었기 때문에 일을 제대로 처리하지 못했을 때의 페널티에 관해서 누구보다 잘 안다.

만약 터무니없을 정도로 아무것도 준비하지 못했다면 그는 정말로 코리아 액션 팀에게 상상하지 못할 정도의 페널티를 선물할 생각이었다.

천천히 비룡관으로 들어서자 강도영을 비롯해서 서른 명의 스턴트맨이 그들을 기다리고 있는 것이 보였다.

완벽하게 빠진 몸매, 그리고 형형한 눈빛.

한눈에 봐도 무술로 연마된 자들의 모습이었다.

조철상은 김기철에게 뭔가 지시를 내린 후 급하게 마련된 의자에 두 사람을 앉혔다.

"금방 시작할 테니 잠시만 기다려 주십시오."

"그럽시다. 제대로만 한다면 하루 종일이라도 기다릴 수 있으니까 걱정 마시오."

정일호는 더 이상 말을 하지 않겠다는 듯 입을 꾹 다물고 연무대의 중앙에서 준비를 하고 있는 강도영을 바라봤다.

놈은 목검을 들고 있었는데 진검과 모양이 흡사해서 착각을 일으킬 정도로 정교하게 만든 것이었다.

준비가 끝났는지 스턴트맨들이 진영을 구축하면서 강도영을 포위하는 것이 보였다.

정일호는 훈련이 시작되자 팔짱을 끼었다.

놈들이 하는 짓으로 봤을 때 신인에 불과한 강도영을 데리고 놀면서 시간이나 보냈을 가능성이 컸다.

하지만 그의 불편한 예상은 훈련이 시작되면서 하늘 저편으로 금방 날아가 버렸다.

먼저 적으로 분장한 스턴트맨들이 공격을 시작했고 곧이어 강도영의 반격이 시작되었다.

빠르다, 그리고 강력하다.

스턴트맨들의 공격을 방어하며 전진하는 강도영의 모습은 얼마나 강력했던지 마치 태풍이 휘몰아치는 것처럼 보였다.

팔짱을 끼고 있던 정일호의 눈이 찢어질 듯 커진 것은 훈련이 시작된 지 불과 일 분조차 지나지 않았을 때였다.

움찔거리는 몸.

이건 촬영을 하기 위해 만들어진 액션이 아니라 진짜 전투를 벌이는 것처럼 필사적이었고 아무런 보조 장비가 없음에도 너무 화려하고 치열해서 눈을 떼지 못할 정도였다.

"저, 저, 아이고… 저러다 사람 죽겠네."

옆에 있던 민경수의 입에서 연신 신음 소리가 흘러나왔다.

강도영의 검에 의해 퍽퍽 나가떨어지는 스턴트맨들의 모습을 볼 때마다 그는 엉덩이를 들썩거리며 어쩔 줄 몰라 했다.

정일호는 그가 그러거나 말거나 어느새 자리에서 일어나 강도영의 액션을 지켜보며 입을 떡 벌렸다.

그의 눈은 귀신을 본 것처럼 찢어질 듯 부릅떠져 있었다.

*　　　　*　　　　*

액션 신에 대한 시연이 모두 끝날 때까지 꼼짝하지 않고 두 눈을 부릅뜬 채 지켜보던 정일호는 자신에게 다가온 조철상을 향해 손을 내밀었다.

그의 손에 담긴 것은 오만이 아니라 겸손과 경의였다.

"조 감독님, 그동안 준비를 많이 해주셨군요. 아무런 연락이 없어서 제가 잠시 오해를 했습니다. 진심으로 사과드립니다."

"별말씀을……."

"이 정도가 아직 준비가 끝난 게 아니라면 촬영할 때는 어느 정도가 될지 정말 기대가 됩니다. 용의 칼은 조 감독님으로 인해 훨씬 멋진 영화가 될 것 같군요."

"마지막까지 최선을 다하겠습니다. 이번 액션 신에 저는 모든 것을 걸었습니다. 영화사에 한 획을 그을 수 있는 그런 장면을 보여 드리죠."

"감사합니다."

정일호는 조철상의 빛나는 눈을 보면서 자연스럽게 고개를 숙였다.

그의 시선은 정일호를 처음 대했을 때의 부드러움에서 벗어나 용광로처럼 활활 불타고 있는 것처럼 느껴졌다.

액션이란 그런 것이다.

비록 훈련에 불과했고 남에게 보여주기 위한 시연이었지만 그는 스스로 자신이 직접 움직인 것처럼 거친 숨을 뿜어내고 있었다.

모든 시연을 끝낸 강도영이 다가오자 정일호의 얼굴에서 웃음꽃이 피어났다.

그 눈빛 또한 다르다.

완벽하게 준비해서 보여주고 싶다는 말을 들었을 때의 그 냉정했던 눈빛은 어디론가 사라졌고 대신 들어선 것은 따뜻함이었다.

"준비한 걸 보니까 네가 얼마나 고생했는지 알 것 같구나. 도영아, 대단하다."

"아직 부족합니다. 더 열심히 해서 감독님 기대에 꼭 부응하겠습니다."

"그래… 그래주길 바란다."

정일호가 강도영의 어깨를 툭툭 쳐준 후 민경수와 함께 몸을 돌렸다.

그의 얼굴에 담긴 흡족한 미소는 지금의 기분이 어떤지 단적으로 말해주고 있었다.

*   *   *

촬영이 시작되기 전날 모든 스태프와 배우들이 영화사에 모여 고사를 지냈다.

아직 3월 중순이라 아직까지 사람들의 옷차림은 가벼워지지 않았다.

"안녕하세요, 선배님."

강도영이 남자 주인공을 맡은 민준기를 향해 급히 인사를 했다.

그는 시간에 맞춰 들어왔는데 강도영이 인사를 하자 손만 잠깐 들어 올린 후 자신의 자리로 향했다.

소문대로 오만했고 후배들에 대한 친절은 찾아볼 수 없었다.

민준기는 사생활이 복잡한 걸로 유명한 배우였다.

나이는 37살이었으나 아직까지 결혼을 안 했는데 여자관계가 복잡했고 촬영장에서도 트러블을 많이 일으켜 소문이 좋지 않았다.

고사를 지내는 것은 오래된 전통이었다.

비록 고사를 지내는 것이 관행에 불과한 것이란 걸 알면서도 제작 측은 언제나 촬영 전에는 고사를 지냈다.

바람이다.

영화가 성공하기를 간절히 바라는 마음이 고사를 지내게 만든 것이다.

총감독인 정일호가 제주가 되어 시행되었던 고사는 배우들과 스태프들이 영화의 성공을 기원하면서 금방 끝이 났다.

"오랜만이에요."

강도영은 거의 맨 마지막에 절을 한 후 고사의 절차가 끝나는 것을 지켜보다 갑자기 들려온 목소리에 뒤를 돌아봤다.

거기에는 신은서가 미소를 지은 채 자신을 지켜보고 있었다.

"아, 안녕하세요."

"잘 지냈나요?"

"예."

강도영이 단답형으로 대답하자 그녀의 미소가 슬쩍 변했다.

"원래 그렇게 말이 없는 편이에요?"

"그게 아니라… 어려워서……."

"내가 어렵다고요?"

"아무래도 선배님이시니까 조심스러워서요."

"호호… 선배님이란 소릴 들으니까 이상해요. 나이도 나랑 같던데 앞으로 그렇게 부르지 마요."

"그래도 데뷔가 한참 늦은데 그럴 수가 있나요."

"도영 씨 연극했다면서요. 언제부터 했어요?"

"5년 전부터 했습니다."

"그럼 데뷔가 5년이나 된 거네. 나랑 똑같잖아요."

"아……."

말도 안 되는 논리다.

하지만 신은서는 당연한 듯 태연하게 강도영을 바라보며 이야기를 했다.

잠시 헷갈렸다. 그게 정말 그런 것인지 혼돈되어 자신도 모르게 가볍게 탄성을 질렀다.

그래서 그랬을까, 그녀를 대하는 마음이 천천히 편해졌다.

신은서의 입이 다시 열린 것은 사람들이 떡을 나눠 먹기 위해 음식이 차려진 식탁 쪽으로 움직일 때였다.

"훈련 많이 했어요?"

"…무슨 훈련을?"

"나를 지켜주려면 검술 훈련 많이 해야 되잖아요. 대본 보니까 나쁜 놈이 엄청 많던데."

그녀가 과장되게 두 손을 돌려 크게 원을 그렸다.

그 모습에 담긴 것은 장난이 분명했다.

장난이 왔으니 자신도 모르게 장난 섞인 말이 돌아갔다.

"그런 거라면 걱정하지 마세요. 은서 씨를 지키기 위해 이 한 몸 열심히 굴리고 있으니까요."

*　　　　*　　　　*

촬영이 시작되었지만 강도영은 초반부에 등장하지 않기 때문에 '코리아 액션 스쿨'에서 한 달 동안 계속해서 훈련을 했다.

낮에는 훈련을 했고 밤에는 극단으로 가서 연기를 위해 끊임없이 감정을 잡는 연습을 했다.

서현탁이 불쑥 정인화를 데리고 들어온 것은 그가 혼자 거

울을 보면서 자신의 표정을 관찰하고 있을 때였다.

"도영아, 인화 씨 왔다."

"아직 퇴근하지 않았어요?"

"연극 끝나서 막 가려는데 현탁이가 붙잡잖아요. 내가 할 일이 있다면서."

"할 일요?"

"도영 씨 연기 파트너를 해달라던데요."

그녀도 이제는 우진이가 아니라 도영이라 부른다.

어차피 예명을 그렇게 바꿨으니 지인들도 그를 볼 때마다 이름을 바꿔서 불러주고 있었다.

"혼자서 아무리 열심히 해봤자 효과가 없어, 효과가. 그래서 내가 인화 씨한테 부탁했다."

"인마, 퇴근하는 사람을 붙잡으면 어떡해?"

"넌 사랑을 한 번도 해보지 못해서 감정 표현이 부족하단 말이지. 비록 인화 씨가 다른 멋진 남자를 사랑하고 있지만 상대역으로는 충분할 거다. 한번 해봐."

"아이고⋯⋯."

뻔뻔한 낯짝으로 말하는 서현탁을 향해 강도영이 두 눈을 부릅떴다.

자신의 애인을 향해 연기해 보라는 놈의 행동은 정말 어이가 없었다.

그러나 더 적극적인 것은 정인화였다.

"해봐요. 나도 그런 감정을 한번 느껴보고 싶으니까. 도영 씨같이 잘생긴 남자가 나를 사랑하는 눈빛으로 봐준다면 얼마나 좋겠어요, 호호호."

그녀가 깔깔거리며 웃었다. 하지만 눈에 담긴 것은 아무런 조건 없이 상대가 되어주겠다는 마음이었다.

어쩔 수 없다.

두 사람이 동시에 나서서 해야 된다고 우기기 시작하자 벗어날 방법이 없었다.

정인화는 미리 대본을 읽어봤는지 서현탁이 큐 사인을 내자 먼 곳으로 시선을 던지며 천천히 걸어갔다.

그 뒤를 따라 강도영이 걸었다.

그녀를 바라보는 눈빛에 담겨야 하는 것은 이루지 못한 사랑에 대한 슬픔과 걱정, 그리고 반드시 지켜줘야 한다는 신념 같은 것이었다.

그러나 감정이 잡히지 않았다.

친구의 애인을 바라보며 그런 감정을 보인다는 것은 정말 어려운 일이었다.

그래서였을까.

잠시 동안 지켜보던 서현탁의 입에서 고함이 터져 나왔다.

놈도 역시 연기를 했기 때문에 강도영의 현 상태를 즉각 알아채는 눈을 가지고 있었다.

"야, 이 자식아. 사랑하는 시선을 던지랬지 누가 친구 애인 몸매 감상하라고 했어. 너 죽을래!"

*   *   *

강도영의 첫 촬영은 대저택에서 시작되었다.

신은서는 왕의 간택을 받아 궁으로 들어가 왕비가 되어야 하는 이조참판의 딸이었고 강도영은 어려서부터 그녀와 같이 커온 사이였다.

이씨 집안을 보좌해 온 조선제일검 정필호의 아들로서 어려서부터 무예를 익혀 상당한 검술 실력을 가진 호위 무사 역이었다.

영화에서 그의 이름은 정운이다.

"레디 고."

감독의 사인에 맞춰 신은서가 대청마루에 앉아 흘러가는 구름을 지켜보다가 천천히 입을 열었다.

"운 오라버니, 하늘에 떠 있는 저 구름이 마치 나와 같아 보여요. 아무것도 없는 푸른 하늘에 혼자 떠 있으니 얼마나 외로울까요."

대답하지 않는다.

그저 질문하는 그녀의 모습을 그저 묵묵히 지켜볼 뿐이었다.

"내일이면 이 집을 떠나는군요. 오라버니와 함께했던 추억이 많았던 곳인데… 그 모든 것을 남겨두고 떠나야 해요……."

침묵, 그리고 신은서의 입에서 나오는 한숨 소리에는 안타까움과 슬픔이 가득 담겨 있었다.

"오라버니는 내가 시집을 가는데도 아무렇지 않은가 보군요……."

*　　　　*　　　　*

세 번의 컷 사인이 떨어졌다.

한 번은 조명 쪽에서 생겼고 또 한 번은 개가 짖는 소리 때문에, 마지막은 신은서가 대사를 실수하면서 생긴 것이었다.

"다시 가자, 이번에 끝내자고. 자… 레디 고!"

처음부터 다시 촬영이 시작되었다.

정일호는 모니터를 앞에 두고 두 사람의 연기를 지켜보는 중이었는데 그 옆에는 민경수가 서 있었다.

"괜찮지?"

"그렇네요. 저놈 표정이 마치 목석을 보는 것 같군요."

"우리가 바라는 걸 잘 표현하고 있어. 저 자식, 아무리 봐도 물건이야. 내면의 감정을 완벽하게 통제하는데 강함 속에서

절제된 슬픔이 살짝 내비쳐지잖아."

"신인치고는 연기력이 좋아요. 얼마나 연습을 많이 했는지 눈에 보이네요."

"아무리 봐도 둘이 잘 어울리는군. 정말 사랑하는 사이처럼 보여."

"워낙 예쁘고 잘생겼잖습니까. 신은서를 잡은 건 정말 잘한 일 같습니다."

조 감독이 조용하게 대답하자 모니터를 뚫어지게 지켜보던 정일호의 얼굴에서 웃음이 떠올랐다.

"오케이!"

정일호의 입에서 우렁찬 소리가 터져 나왔다.

그의 얼굴에서는 만족스러운 웃음이 담겨져 있었는데 한 컷의 신이 무사히 끝난 게 즐거운 것이 틀림없었다.

* * *

강도영은 왼손에 들었던 검을 내려놓고 한숨을 길게 내리쉬었다.

이번 신에는 아무런 대사가 없었다.

오직 표정으로 자신의 내면을 연기해야 되기 때문에 신은서를 바라보는 시선이 무엇보다 중요했다.

다행스럽게 감독의 오케이 사인이 나왔지만 마음은 편하지 않았다.

이런 장면이 앞으로 계속 나온다.

조연이란 영화를 살리는 감초 역에 불과해서 화면에는 잡히지만 대사 없이 표정 연기를 하는 경우가 대부분이었다.

더군다나 그는 신인이었고 스토리를 살려주는 인물에 불과해서 두 번의 액션 신을 제외하면 대사를 하는 경우가 전부 합해 딱 세 번뿐이었다.

그럼에도 호위 무사 역이 중요 조연으로 꼽히는 것은 이렇듯 표정 연기가 많이 나오기 때문이었다.

여주인공의 뒤에서, 옆에서, 앞에서 안타까워하고 슬퍼하며 내색하지 못하는 사랑과 애끓는 아픔 등을 표정과 시선으로 표현해 내는 것이 그의 몫이었다.

*　　　　　*　　　　　*

한 번 촬영이 시작되자 시간은 정신없이 흘러갔다.

신은서에게는 영화를 처음 찍기 때문인지 시간의 흐름이 더욱 빠르게 느껴졌다.

드라마와는 다를 것이라 예상했지만 영화 촬영은 뼈를 깎는 고통이 수반되었다.

힘들었다.

스케줄이 많다 보니 촬영 장소까지 밤새워 달려와야 했고 촬영이 끝나면 몇 시간씩 되는 길을 돌아가야 했다.

촬영 자체도 힘들었다.

여름이 되자 모기가 기승을 부렸고 온몸이 땀투성이가 되었어도 제대로 샤워할 곳조차 마땅치 않아 끈적거림을 그대로 감내해야 했다.

그럼에도 즐거웠다.

영화에 대한 그녀의 꿈을 드디어 이룬다는 설렘과 촬영할 때마다 모습을 보이는 강도영이 있기 때문이었다.

그녀와 주고받는 대사는 별로 없었지만 강도영의 시선은 늘 그녀에게 다가오고 있었다.

그의 연기가 그렇다는 것을 알고 있지만 그것만으로도 가슴 한편이 따뜻해져 촬영장에 있는 동안 즐거움이 가시지 않았다.

강도영의 시선에는 늘 애틋한 사랑이 담겨 있었다.

미칠 듯한 그리움과 언제나 그녀를 지켜주고 싶어 하는 마음, 그리고 사랑.

여자로서 그런 시선을 받는다는 것은 즐거움을 넘어 설렘과 흥분이 느껴질 만큼 기쁜 것이었다.

연기라는 것을 알지만 감정에 빠져 있는 그를 보면 연기가 아니란 생각이 자꾸 들었다.

처음에는 무심하려 애썼으나 자신도 모르게 그가 자신을 바라볼 때마다 가슴 한쪽에 화살을 맞은 것처럼 아파왔다.

정말 저런 사랑을 받는다면 어떨까…….

이제 오늘이 지나면 강도영은 모든 연기를 끝내고 촬영장을 떠나게 될 것이다.

그녀를 지키기 위해 수많은 무사와 싸우다가 장렬히 죽음을 맞이하기 때문이었다.

서운했지만 내색하지 않으려 노력했다.

연기를 위해 스쳐 지나가는 사람에 불과했으니 이것으로 이 인연은 끝이라고 생각했다.

그러나 그녀의 가슴은 촬영을 지켜보면서 가슴 떨리는 설렘으로 무섭게 쿵쾅거리기 시작했다.

강도영의 첫 번째 액션 신은 다른 스케줄 때문에 보지 못했다.

사람들이 강도영의 액션 신을 칭찬하는 걸 들었지만 그저 그런가 보다 생각하며 무심결에 넘겼었다.

마지막 장면은 그녀가 궁전의 뜰에서 죽음을 각오한 채 다가오는 적들을 지켜보는 것이었다.

연기였으나 막상 많은 적이 다가오자 무섭다는 생각이 들었다.

그들의 손에는 전부 새파랗게 빛나는 검이 들려 있었고 자신을 죽이려는 살기가 줄기줄기 뿜어져 나오고 있었다.

그들을 강도영이 가로막으며 나타났다.

그리고 싸웠다. 그는 그녀를 언제나 지켜주는 호위 무사였다.

마지막 액션 신을 지켜보는 동안 속으로 간절하게 그가 이겨주기를 바랐다.

이것이 연기라는 것을 잊은 채 몰두하면서 강도영이 싸우는 장면을 지켜볼 수밖에 없었다.

그만큼 치열하고 생동감 있는 싸움이었는데 강도영의 표정에 들어 있는 비장함은 말로 표현할 수 없을 정도였다.

무시무시한 싸움 끝에 강도영이 수많은 검을 맞으며 쓰러지는 것이 보였다.

안타까움에 몸이 와들와들 떨려 오는 순간 그의 마지막 대사가 자신을 보며 천천히 나오기 시작했다.

"끝까지 지켜주고 싶었는데… 미안하오. 함께했던 시간은 죽어서라도 잊지 않으리다. 저승에서 다시 볼 수 있다면 그때는 꼭 내가 그대를……."

무슨 말을 하고 싶었던 걸까.

죽어가는 그를 붙들고 물어보고 싶었다. 마지막 대사의 의미가 무엇이었냐고!

저승에서는 당당하게 나를 사랑하겠다는 뜻인가요. 그런

거죠, 그렇죠?

       *   *   *

정일호는 영화의 하이라이트 중의 하나인 마지막 액션 장면을 찍기 위해 만반의 준비를 한 후 조철상이 도착하기를 기다렸다.

비운의 여주인공이 안타깝게 죽음을 맞이하기 때문에 관객들을 향해 강렬한 메시지를 주기 위해서는 완벽한 촬영이 필요했다.

조철상은 액션 스쿨이 보유한 대형 버스와 봉고로 스턴트맨들을 데려왔는데 그들이 내리자 촬영장이 순식간에 꽉 차 버렸다.

단순한 남자들이었다면 그런 느낌을 갖지 않았을 테지만 그들은 각각 개인마다 형형한 눈빛을 가진 무술인이었고 검을 든 채 내려왔기 때문에 순식간에 촬영장을 긴장 속으로 몰아넣었다.

조철상이 자신을 향해 다가오자 정일호가 자리에서 일어나더니 마주 걸어가 손을 내밀었다.

조철상을 바라보는 그의 태도는 이전과 완전히 달라져 있었다.

"조 감독님, 오느라 수고 많으셨습니다."

"아닙니다."

"촬영 준비는 다 된 거죠?"

"3일 전부터 이곳에 와서 계속 연습을 했습니다. 리허설 없이 바로 들어가도 될 정도로 준비했으니 걱정 마십시오."

"허허… 얘기는 들었지만 워낙 기대가 커서요."

"그럼 애들 준비시켜야 하니 저는 가보겠습니다."

인사를 하고 등을 돌리는 조철상을 바라보며 정일호가 입맛을 다셨다.

예전에 조폭 활동까지 했고 특전사 출신이라는 소릴 들은 후부터 그가 앞에만 서면 괜스레 위압감이 느껴졌다.

액션에 관한 모든 것은 조철상에게 위임했기 때문에 자신과 스태프들은 그들의 연기를 완벽하게 찍기만 하면 된다.

조철상의 역할에 따라 액션 신의 성공 여부가 달려 있다는 뜻이다.

스턴트맨들은 조철상의 지시로 빠르게 옷을 갈아입었음에도 무려 30분이 소요되었다.

강력한 적이란 걸 관객들에게 보여주기 위해 검은 무복에 갖가지 암기들이 착용되었고 손을 보호하기 위한 수갑과 방패, 그리고 만약의 사태에 발생할 수 있는 불상사를 막기 위한 방호복까지 착용했기 때문에 시간이 오래 걸릴 수밖에 없었다.

정일호는 그들이 복장을 모두 갖추고 동정(대궐의 뜰)으로 나서는 걸 보고 침을 꿀꺽 삼켰다.

현실에서 저런 자들이 자신을 공격해 온다면 꼼짝없이 죽을 수밖에 없다는 생각이 들자 슬그머니 오금이 저려왔다.

그럼에도 그는 조철상이 사내들의 위치를 잡아주는 걸 확인하고 감독 의자에 앉으며 조명과 음향 팀을 향해 큰 소리로 준비 사인을 보냈다.

신은서가 사뿐거리는 걸음으로 궁궐의 전면에 섰고 강도영이 후면에서 적을 맞아들이기 위해 걸어가는 것이 보였다.

촬영장에는 스태프들은 물론이고 하이라이트 액션을 보기 위해 배우들과 매니저들, 심지어 코디와 분장사들까지 자리를 지키고 있었기 때문에 무려 70명에 가까운 인원이 둘러싼 상태였다.

이윽고 모든 준비가 끝나자 정일호가 팔을 크게 끌어 올리며 액션을 외쳤다.

그러자 기다렸다는 듯 대기하고 있던 검은 무복의 사내들이 담장을 타고 넘으며 동정을 향해 돌진해 들어왔다.

지금 들어오고 있는 숫자는 30명이었지만 영상에서는 컴퓨터 그래픽을 이용해서 200명이 넘는 숫자로 불어날 것이다.

들어온 자들은 30명에 불과했으나 그 흉포함이 워낙 강렬

했기 때문에 결코 적다고 느껴지지 않았다.

뒤를 돌아보지 않는 전진, 그리고 살기.

30명이 한 몸처럼 움직이는 그들의 몸은 바람처럼 빨랐고 천둥처럼 흉포했다.

　　　　　　＊　　　　　　＊　　　　　　＊

민준기는 복장을 갈아입고 촬영장으로 나왔다.

방금까지 촬영했기 때문에 그의 옆에는 분장사가 따라붙어 연신 얼굴에 묻어 있는 화장을 지우느라 애를 쓰는 중이었다.

"됐어, 그만해. 집에 가서 씻으면 되니까 가봐."

"조금만 더 하면 되는데요."

"됐다니까!"

마무리를 하려는 분장사에게 민준기가 신경질적으로 소리를 질렀다.

20대 중반의 분장사는 그가 소리를 지르자 몸을 움찔하며 급히 자리를 떴는데 꽤나 겁을 먹은 것 같았다.

그녀가 사라지자 민준기가 서동철이 앉아 있는 의자 옆에 가서 털썩 주저앉았다.

서동철은 병조참판으로 출연하는 조연인데 그와 대학교 동창으로 친한 사이였다.

"애한테 너무 그러지 마라. 사람 눈도 있는데."

"인마, 신경 꺼."

"그래서 네가 까칠하다고 자꾸 소문나는 거야. 사람 있는 자리에서는 그러지 마."

"지랄하고 있다."

"준비 끝난 것 같네. 금방 촬영 시작 할 모양이다. 우와, 신은서 봐라. 정말 예쁘지 않냐?"

왕비 복장을 한 채 걸어가는 신은서를 바라보며 서동철이 감탄을 터뜨렸다.

그는 신은서에게 눈을 떼지 못하고 있었는데 사심이 가득 찬 얼굴이었다.

"이 자식이, 나한테는 조심하라고 지랄하더니 저는 침을 질 질 흘리고 있구만."

"크크크… 예쁘잖냐."

"맛있게는 생겼다. 그런데 인기 좀 얻더니 도도하기 짝이 없어. 저걸 미리 눌러놨어야 되는 건데 아까워 죽겠어."

"아서라, 쟤 레벨 많이 올라갔다."

"그런데 저 새끼는 뭐야? 저번 액션 때 스태프들이 그렇게 칭찬을 했다면서?"

"난 처음 듣는데?"

민준기가 신은서의 뒤를 따라 걸어가는 강도영을 바라보며 묻자 오히려 서동철이 반문을 했다.

그도 강도영의 액션 신을 보지 못했던 모양이었다.

"씨발 것들이 조금 하니까 과장해서 소문낸 모양이다. 액션 하면 나지. 내가 왕 역만 아니었다면 죽여줬을 텐데 말이야."

"왕이 용포 펄럭이며 싸우는 것도 멋있을 텐데… 크크큭, 감독한테 그런 장면 넣어달라고 얘기해 보지 그랬냐."

"이 자식은 꼭 염장을 질러. 사람 열 받게시리."

"그나저나 하연화 몸뚱이는 어떻디? 걔도 인물은 꽤 되던데?"

하연화는 이틀 전 민준기와 베드 신을 찍은 27살의 여배우였다.

포악한 왕은 수시로 후궁은 물론이고 궁녀들과 관계를 가졌는데 하연화는 왕이 신하들에게 배신을 당해 죽기 전 총애했던 궁녀 역을 맡았다.

"스태프들만 아니라면 물건을 꺼내서 꼽고 싶었어. 그년 얼굴에 색기가 쫠쫠 흐르잖아. 요샌 경력이 쌓여서 그런가 스태프들이 보고 있는데도 물건이 선단 말이지."

"슬쩍 젖히고 넣어보지 그랬냐."

"마음은 굴뚝이었지. 걔도 원하는 것 같았고."

"촬영 끝나고 슬쩍 물어보지 그랬어. 혹시 모르잖아. 한번 줄지? 걔는 얘기 들어보니까 마음에 들면 준다고 소문났더라."

"그렇지 않아도 그래볼 생각이다. 나중에 만나면 달래볼 생각이야."

"네 얼굴에 어떤 여자가 안 넘어오겠냐. 그래도 조심해. 생까면 바로 돌아서란 말이야. 억지로 하지 말고."

"내가 너냐, 이 자식아!"

"그나저나 보약 먹는 거 있냐? 스태프들 앞에서도 홀딱 벗고 물건 서는 보약 있으면 너만 먹지 말고 우리 사이좋게 나눠 먹자."

"시끄러워, 인마. 사람들이 들어."

"크크크… 촬영 시작한다."

민준기가 손을 번쩍 들자 막는 시늉을 하던 서동철이 정일호의 손이 올라가는 것을 확인한 후 정색을 하면서 시선을 촬영장으로 돌렸다.

정일호의 손이 내려지자 담장을 타고 넘는 괴한들의 모습이 나타나기 시작했다.

그런 후 곧 강도영이 동정으로 뛰어들어 괴한들을 가로막는 게 보였다.

흥미롭게 지켜보던 서동철의 입에서 이상한 소리가 나오기 시작한 것은 강도영이 검을 들고 괴한들 사이를 누비기 시작할 때였다.

"어… 어… 저것, 우와……."

그만큼 강도영과 스턴트맨들의 액션은 그를 놀라게 만들

만큼 무시무시한 것이었다.

서동철이 괴음을 지를 때 민준기의 입에서는 연실 욕이 터져 나오고 있었다.

"저… 저 씨발 놈, 뭐야. 무술한 놈이 배우 하겠다고 지랄한거야? 저 새끼 완전히 미친놈이잖아. 찔린다고 새끼야, 사람죽일 일 있어!"

*   *   *

전투가 시작되는 것을 보면서 정일호는 눈을 부릅뜬 채 꼼짝하지 않았다.

시연하는 것을 지켜봤고 마지막 리허설 장면도 확인해 봤지만 막상 복장을 모두 갖춘 채 촬영에 들어가자 눈으로 들어오는 모든 장면이 새로웠다.

영화에는 수많은 NG가 생기곤 하는데 그중에 액션 신이 들어 있으면 거의 날밤을 새야 할 정도로 촬영을 다시 하는 경우가 부지기수였다.

액션 신은 그만큼 어려운 것이었다.

배우는 물론이고 스턴트맨들의 호흡이 정확하게 맞아들어가지 않으면 영상이 엉망으로 만들어지기 때문이다.

많은 영화가 액션 신 때문에 망했다.

관객이 두 눈으로 확인할 수 있을 정도로 엉성하게 만든 영화는 주인공의 주먹이 허공을 치는데도 상대가 퍽퍽 나가떨어졌고 칼이 부딪치지도 않았는데 요란한 음향 소리가 들릴 정도로 허술하게 만들어진다.

그럴 때마다 관객은 웃는다. 이런 영화를 돈 주고 본 자신의 선택을 후회하면서.

하지만 지금 장내에서 벌어지고 있는 액션은 연기가 아니라 진정한 전투였다.

강도영이 휘두른 검은 정확하게 사내들의 몸을 베어 넘겼고 그럴 때마다 사내들의 검은 무복이 찢겨지며 섬뜩한 선혈이 뿌려졌다.

물론 준비된 물감을 교묘하게 장착했다가 터지게 만든 것이었지만 워낙 액션이 리얼했기 때문에 진짜 피처럼 느껴질 정도였다.

이 액션 신을 찍기 위해 고공 카메라를 포함해서 모두 5대의 카메라를 동원했다.

그중 2대는 동정에 원형 레일을 깔아서 입체감을 살렸고 2대는 근접 전투 장면을 촬영하며 배우들의 표정 연기를 잡았다.

카메라 팀에서는 너무 과하다고 어필을 했으나 정일호가 우겨서 밀어붙였다.

그만큼 이번 액션 신에 대한 기대가 컸기 때문이었다.

피가 튀고 사내들이 쓰러져 갔다. 그러면서 강도영의 몸에서도 피가 흐르며 전투가 막바지로 치달았다.

촬영장은 개미 새끼 소리 하나 들리지 않은 채 오직 병장기의 소음만이 가득했는데 스태프들을 포함해서 지켜보던 사람들은 꼼짝하지 못한 채 두 눈을 부릅뜨고 있었다.

이윽고 바닥에 쓰러진 강도영의 마지막 대사가 흘렀다.

신이 끝났으나 컷 사인도, 그렇다고 오케이 외치는 고함 소리도 나오지 않았다.

그 말을 해야 하는 당사자, 정일호가 여전히 장내를 뚫어지게 바라보며 아무 말도 하지 않은 채 정신을 놓고 있었기 때문이다.

*   *   *

"수고했어요."

"은서 씨도 수고했습니다. 쌀쌀한데 옷을 더 입지 그랬어요. 추워 보이네요."

왕비 복장을 벗은 신은서가 다가와서 인사를 건네자 강도영이 그녀를 바라보며 걱정 어린 시선을 던졌다.

그의 시선은 아직 영화에 들어 있는 감정 때문인지 신은서를 바라볼 때마다 애잔함이 가득 담겨 있었다.

그 시선을 신은서가 빤히 바라보았다.

"나 옷 갈아입는 동안 도영 씨가 갈까 봐 서둘러서 오느라 그랬어요. 그 파카 벗어줄래요?"

무슨 뜻일까?

잠시 고민했으나 강도영은 자신이 입고 있던 파카를 선뜻 벗어 그녀에게 주었다.

벌판이었기 때문에 바람이 심하게 불어 추위를 느끼고 있는 게 분명했다.

그녀는 강도영이 벗어준 파카를 입으며 싱그러운 웃음을 지었다.

"따뜻하네요. 도영 씨 체온이 담겨서 그런가 봐요."

"그럴 리가요. 옷 입은 지 얼마 안 됐는데……."

강도영이 슬쩍 얼굴을 붉혔다.

체온을 느꼈다는 그녀의 말에 어색함과 더불어 가벼운 흥분이 몰려들었다.

"감독님과 스태프들 칭찬이 대단해요. 이번 액션 연기 너무너무 훌륭했다고 전부들 이구동성으로 칭찬했어요. 지금까지 이렇게 멋진 액션 연기는 처음 봤다던데요."

"그냥 하는 소리겠죠."

"정말이에요. 나도 놀란걸요. 도영 씨가 그렇게 무술을 잘할 줄은 꿈에도 생각하지 못했어요. 난 도영 씨가 죽는 장면

보면서 얼마나 슬프고 가슴 아팠는지 몰라요."

부끄럽다.

그녀의 앵두 같은 입에서 쏟아져 나오는 칭찬을 듣고 있자니 얼굴이 붉어져 견딜 수가 없었다.

그랬기에 강도영의 입에서는 불쑥 엉뚱한 이야기가 튀어나왔다.

"오늘 촬영 끝났는데 집에 안 가세요?"

"가야죠."

"아시겠지만 저는 이번 촬영이 끝이라 더 이상 촬영장에 나오지 않을 거예요. 그동안 고생하셨어요."

"그래서 온 거예요, 인사하려고. 그냥 인사도 안 하고 헤어지면 섭섭할 것 같아서요."

그녀의 눈길에 담긴 건 아쉬움인 것 같았다. 자신과 같은 감정 말이다.

7달 가까이 같이 보냈던 그녀를 떠나야 한다는 것이 더없이 아쉬웠다. 비록 영화였으나 그 기간 동안 강도영은 최선을 다해 그녀를 보호하려 노력했고 내면에 담긴 사랑을 숨기기 위해 애를 써야 했다.

그래서 아쉽다, 그녀를 떠나는 것이.

"이제 보름 후면 나머지 촬영이 모두 끝나요. 촬영이 끝나면 쫑파티를 한다던데 그때 오실 거죠?"

"갈 겁니다."

"그럼 그때 봐요. 도영 씨는 호위 무사니까 그때도 나를 지켜줘요."

제24장
시사회

　강도영은 촬영이 끝난 후 오랜만에 편안한 휴식을 취했다.

　스타급들의 배우들은 각종 연예 관련 방송에 출연하거나 기자들의 인터뷰에 응하느라 바쁘겠지만 그는 촬영이 끝나자 예전처럼 한가한 일상으로 돌아가 버렸다.

　그나마 다행인 점은 옆에 서현탁이 항상 있다는 것이었다.

　"여행 갈까?"

　"갑자기 무슨 여행?"

　"너 촬영도 끝나서 시간이 텅텅 비잖아. 그러니까 오랜만에 우리 여행이나 가자. 배낭 메고 예전처럼 목적 없이 떠나는 거야. 어때, 괜찮을 것 같지 않냐?"

"나는 촬영이 끝났지만 영화 촬영은 지금도 계속되는 중이야. 그리고 감독님께서 보충 촬영이 필요할지 모르니까 대기하라고 했어."

"정말?"

"그렇다니까."

"어이구, 촬영이 끝나도 꼼짝하지 말라는 거네. 뭐 이런 싸가지 없는 경우가 다 있냐."

서현탁이 과장되게 자신의 머리카락을 쥐어뜯었다.

놈은 아직도 여전히 일상 생활에서 연기하는 버릇을 고치지 못하고 있었다.

"하하하… 그러니까 여행은 나중에 가기로 하고 그동안 못본 영화나 보자. 연극들도 보고."

"할 수 없지, 뭐. 그렇게라도 해야지. 그런데 도영아."

"왜?"

"혹시 너 민경이 전화 못 받았냐?"

"아니, 전화 안 왔는데. 무슨 일 있었냐?"

"그때 뛰어나간 후 한 번도 오지 않았어?"

"안 왔다니까. 무슨 일인데 그래?"

서현탁의 말처럼 강민경과 만났을 때 자신의 이야기가 나온 후 미친놈같이 화를 내며 카페를 뛰쳐나왔다.

지금도 생생히 기억난다.

놀람과 걱정, 그리고 두려움으로 비명을 지르며 뒤로 물러서던 그녀의 모습이.

그녀는 강도영이 밖으로 뛰어나가는 것을 보면서도 겁에 질려 아무런 말도 하지 못했었다.

망설이던 서현탁이 주저하며 입을 연 것은 강도영이 그의 두 눈을 향해 얼굴을 바짝 들이밀었을 때였다.

"사실, 지금까지 여러 번 전화가 왔었다. 왜 화를 그렇게 불같이 냈는지 알려달라면서… 걔로서는 자다가 물벼락을 맞은 것과 같았을 테니까 궁금하기도 했을 거야."

"그래서?"

"나도 모른다고 했다. 그냥 그날 기분 안 좋은 일이 있었다고만 말했어."

"그런데 왜 그걸 지금 이야기하는 거지?"

"어제 저녁에 술에 취한 목소리로 또 전화가 왔더라. 널 보고 싶은데 겁이 나서 전화를 하기 힘들다고 잘 지내는지 묻길래 잘 지낸다고 했다."

"……."

아무 말도 하지 않았다.

그녀의 호감은 자신의 변화된 모습 때문에 생긴 것일 뿐 그녀의 기억 속에 남아 있는 강우진은 못생기고 주제도 모르는 바보 같은 놈이었다.

첫사랑의 추억은 못생기고 바보 같은 놈일 때 가진 것이었으니 더 이상 그녀를 만나 아름다웠던 첫사랑의 감정을 훼손시키고 싶지 않았다.

강도영이 말을 하지 않자 서현탁도 침묵을 지켰다.

괜한 말로 친구의 가슴을 아프게 만들었다는 자책감이 그를 침묵 속으로 끌어당긴 모양이었다.

그 모습에 괜스레 화가 났다.

서현탁의 잘못이 아니었다. 그것은 자신의 터무니없는 인생에서 만들어진 슬픈 추억일 뿐이다.

"그만 죽을상 하고 병원에 가자. 영화 찍느라 병원에 못 갔잖아."

"그렇지. 병원에 가야 하네. 일단 병원부터 가자. 어떻게 변했는지 빨리 확인해 봐야지."

영화에 나오는 주인공처럼 분위기를 잡고 있던 서현탁이 언제 그랬냐는 듯 의자에서 엉덩이를 번쩍 치켜들었다.

그들의 앞에는 아직도 반이나 남은 커피가 있었지만 서현탁은 갑자기 마음이 급해졌는지 강도영의 팔을 무조건 이끌었다.

강도영이 병원에 다니기 시작한 것은 외모가 변하면서 노래를 할 때 목소리가 심하게 갈라지며 통증이 생긴 후부터였다.

의사는 그의 병명을 후천성 성대 결절로 판명했는데 아주 특이한 케이스라 지금까지 병리학적으로 정확하게 진단된 바가 없다고 말했다.

처음에는 매일, 그리고 시간이 지나면서 거의 한 달에 한 번 꼴로 병원을 찾았으나 성대 결절은 나아질 기미를 보이지 않았다.

의사가 처방해 준 약을 꾸준히 먹었고 한동안 침묵하면서 시간을 보내거나 미지근한 물로 성대를 부드럽게 마사지하는 등 성대를 보호하는 요법도 해봤지만 그의 목소리는 돌아오지 않았다.

*   *   *

압구정동에 있는 '나인 이비인후과'는 최고의 의료진이 포진해서 목에 관해서는 국내에서 가장 뛰어나다는 병원이었다.

7층 건물이 전부 이비인후과로 구성되어 있었는데 진단과 치료, 수술 및 입원 관리까지 동시에 시행할 수 있는 종합병원 체계를 갖춘 곳이었다.

그중 강도영을 치료한 것은 이병웅 박사였다.

그는 S대 출신으로 '나인 이비인후과'가 자랑하는 전문의 중의 한 명이었다.

강도영이 병원 문을 열고 들어서자 접수대에 있던 여직원이 두 눈을 동그랗게 뜨면서 반가움을 숨기지 못했다.

"어머, 강우진 씨, 안녕하세요?"

"예, 잘 지내셨죠?"

"정말 오랜만에 오셨네요. 그동안 왜 안 오셨어요?"

"일이 바빠서……."

말은 그녀가 했지만 접수대에 앉아 있는 여직원들의 눈은 전부 강도영을 바라보고 있었다.

여직원들 사이에서 강도영이 화제가 된 것은 벌써 오래전의 일이었다.

단순하게 한 번 방문한 것이 아니라 장기간에 걸쳐서 병원을 다녔기 때문에 '나인 이비인후과'에서 광고에 출연했던 강도영을 모르는 여직원은 아무도 없었다.

선망의 대상.

그녀들의 눈에 들어 있는 것은 백마 탄 왕자를 만난 것 같은 기쁨과 흥분이었다.

"접수 도와드릴게요. 이 박사님한테 가실 거죠?"

"아… 예."

*   *   *

접수를 마치고 진료실 앞에서 기다리는 동안 간호사들이 수시로 그의 앞을 지나다녔다.

일하기 위해 지나간 사람도 있지만 일부러 온 간호사들도 부지기수였다.

말을 붙이지 못하고 곁눈질로 봤을 뿐인데도 그녀들은 우연히 강도영과 눈이 마주치면 사정없이 얼굴을 붉히며 고개를 돌렸다.

"너, 앞으로 마스크 쓰고 다녀야겠다."

"쩝……."

"연예인들이 모자를 눌러쓰고 마스크 쓰는 걸 보면서 지랄한다고 생각했는데 막상 당해보니까 알겠어. 어디 불편해서 살겠냐?"

"유명하지도 않은 놈이 마스크 쓰고 다니는 것도 이상한 짓이야."

"넌 인마, 유명한 게 문제가 아냐. 네 얼굴을 한 번 본 여자들은 전부 정신 줄을 놓는데 그럼 어떡해!"

"조용히 해. 사람들이 들어."

"하여간 내가 당장 마스크 살 테니까 알아서 해. 요일별로 무지개 색깔에 맞춰서 준비할 테니까 무조건 쓰고 다녀."

"이 자식아, 내가 뭐 쾌걸 조로냐, 마스크 쓰고 다니게. 그리고 무지개 색깔은 또 뭐야?"

"예쁘잖아."

"어이구, 이것도 매니저라고."

강도영이 실실거리며 웃는 서현탁을 향해 눈을 부라렸다.

그때, 진료실에서 간호원이 나오며 강도영을 찾았다.

강도영이 자리에서 일어나자 서현탁이 동시에 엉덩이를 들며 지가 먼저 진료실로 향했다.

"넌 왜?"

"우린 일심동체잖아. 네 상태가 어떤지 난 무조건 알아야해. 예전에야 내가 정식 매니저가 아니었으니까 그냥 넘겼지만 지금부터는 절대 안 된다."

"휴우……."

강도영이 머리를 절레절레 흔들었다.

놈의 쌍판을 보니 절대 물러설 기미가 보이지 않았다.

문을 열고 들어서자 이병웅 박사가 웃음 띤 얼굴로 그를 맞아주다가 옆에서 같이 들어오는 서현탁을 보며 의아한 표정을 지었다.

"누구시죠?"

"전 이 친구 보호잡니다. 상태가 어떤지 같이 들으려고 들어왔습니다."

"죄송합니다… 안 된다고 했는데 이 친구가 워낙 막무가내라서……."

"괜찮아요. 보호자는 같이 들어도 되니까 문제될 것 없어
요. 보호자분은 잠깐 저쪽에 계세요. 일단 상태부터 확인할
테니까."

"예."

이병웅의 지시로 서현탁이 조금 떨어져 있는 의자에 가서
앉자 그때서야 강도영은 진료 의자로 다가갔다.

"강우진 씨, 연극한다고 했죠?"

"네… 그런데 이번에 영화도 찍었습니다. 그래서 오랫동안
오지 못했어요."

"그랬군요. 어쩐지 이상하다고 생각했어요. 무슨 영화죠?"

"용의 칼이란 사극 영화예요."

"용의 칼이라… 제목만 들어도 재미있을 것 같네요. 나도
영화 좋아하니까 꼭 챙겨볼게요."

"감사합니다."

"우진 씨는 볼수록 잘생겨지는 것 같아요. 처음 봤을 때보
다 지금이 훨씬 멋있단 말이죠."

"그게……."

"우리 병원 간호사들이 난리가 아니에요. 강우진 씨 안 온
다고 상사병 걸린 사람도 있다니까요. 허허허… 자, 입을 벌려
보세요. 일단 상태부터 봅시다."

대답을 듣기 위해 한 말이 아니라는 듯 이병웅은 너털웃음

을 흘리며 강도영을 자리에 눕혔다.

그러고는 천천히 후두 내시경을 이용해서 목의 상태를 확인하기 시작했다.

화상회선경술은 아주 짧은 순간의 영상을 잡아 재구성하여 성대의 진동 양상과 점막을 세밀하게 관찰하는 검사 방법으로 가장 전문적인 진단 방법이었다.

강도영의 상태는 점막에 혹이 생겨 소리의 파생을 방해하고 있었는데 일반 환자들과 다르게 혹의 상태가 물혹이 아니라 단단한 폴립이라는 것이었다.

더군다나 성대 전반에 걸쳐서 펼쳐져 있었고 고음을 내며 폴립이 성대 안으로 파고드는 희귀한 증상을 가지고 있었다.

수술을 못 한 것은 그런 이유 때문이었다.

폴립을 제거하는 수술은 현대 의학으로 충분히 가능했지만 강도영의 경우에는 폴립이 성대의 점막 안으로 파고들기 때문에 자칫 칼을 댔을 경우 완전히 목소리를 잃어버릴 가능성이 컸다.

더 이상한 것은 강도영의 증상이 일반인과 확연하게 다르다는 것이었다.

평상시에는 통증을 전혀 느끼지 않는다는 점, 일반적으로 상당한 수준의 목소리까지는 낼 수 있지만 정확하게 2옥타브 미에서 소리가 갈라져 나오며 극심한 통증을 느낀다는 점이었다.

일반인들의 성대 결절은 대체적으로 물혹이기 때문에 조금만 소리가 올라가도 쉿소리가 나오고 통증이 시작되는데 강도영의 증상은 전혀 딴판이었다.

상태를 모두 살핀 이병웅 박사가 강도영이 누운 의자를 조작해서 바로 세웠다.

세밀하게 내시경으로 목을 관찰하던 그의 눈은 놀람으로 가득 차 있었는데 이해할 수 없는 무언가를 본 모양이었다.

"우진 씨, 안쪽에 있는 폴립이 사라졌어요."

"무슨 말씀이신지……."

"가장 안쪽의 폴립이 감쪽같이 사라졌네요. 이 사진을 보세요. 이게 가장 마지막으로 찍었던 사진이고 이게 오늘 찍은 사진이에요. 보이시죠, 이 부분?"

"예, 보여요."

강도영이 뚫어지게 사진을 바라보며 고개를 끄덕였다.

이병웅의 말처럼 목구멍 가장 안쪽에 있던 폴립이 감쪽같이 사라져 전혀 보이지 않았다.

"혹시, 나 모르게 치료받거나 약 먹은 거 있어요?"

"아뇨, 바빠서 아무것도 안 했습니다. 오히려 약도 먹지 않았는걸요."

"허어, 이것 참……."

이병웅이 혀를 차며 난감한 표정을 지었다.

강도영의 대답이 사실이라면 절대 자기가 처방해 준 약 때문에 폴립이 사라진 거라 볼 수 없었다.

자신의 처방해 준 약은 매일 먹어야 하는데 항생제를 중심으로 처방이 되었기 때문에 약효는 기껏 가봐야 하루가 고작이었다.

지난 3년 동안 꾸준하게 처방을 해줬지만 강도영의 상태는 전혀 변화를 보이지 않다.

그런데 7개월이 넘도록 약을 먹지 않은 상태에서 이런 변화를 보였다는 건 불가사의한 일이었다.

"내가 가르쳐 준 요법들은 계속했어요?"

"사실 그것도 못 했어요. 영화 때문에 그동안 정신없이 살았거든요."

"정말 이상하군요. 그런데 왜 폴립이 사라졌을까요?"

오히려 자신이 물어야 할 것을 이병웅이 대신 말하고 있었다.

이 정도면 의사와 환자가 뒤바뀐 꼴이다.

이병웅은 뚫어지게 강도영의 내시경 사진을 들여다보며 한동안 아무 말도 하지 않았다.

폴립이 사라진 부분은 전체적으로 퍼져 있는 범위 중 20%가량에 불과했지만 처음부터 폴립이 없었던 것처럼 깨끗하게 변해 있었다.

"부끄러운 말이지만 나로서는 뭐라 드릴 말씀이 없군요. 저번에도 이야기한 것처럼 강우진 씨의 성대 결절은 학계에 보고된 바가 전혀 없는 증상이에요. 내가 처방을 한 건 더 이상 폴립이 진행되지 않도록 항생제를 중심으로 사용했어요. 워낙 희귀한 병이었기 때문에 수술 대신 선택할 수 있었던 최선의 방법이었거든요."

"그럼 이제 어떻게 해야 되죠?"

"내가 봤을 때 폴립이 사라진 것은 우진 씨 몸에서 자연 치유가 진행된 것으로 추측됩니다. 아무런 치료 없이 그렇게 됐으니 나로서는 그렇게밖에 생각이 안 드네요."

"그럼, 제가… 노래를 다시 할 수 있을까요?"

"지금 이 상태로 계속 호전이 된다면 언젠가는 가능할 거예요. 하지만 지금은 절대 안 됩니다. 만약 목을 사용할 경우 또다시 나빠질 수 있으니까요."

*   *   *

희망?

그래, 또 다른 희망이 시작되었다.

이병웅은 처방 대신 붉어진 얼굴로 시간 날 때마다 병원에 와달라는 부탁을 남기고 그를 보내주었다.

의사로서 아무런 치료조차 하지 못하는 자신이 부끄러웠음에도 학계에조차 보고되지 않았던 그의 증세 변화가 너무나 궁금했기 때문이다.

그럼에도 강도영은 웃으며 그에게 정중히 인사를 했다.

언제가 될지 모르지만 이 상태로 폴립이 사라진다면 다시 노래를 할 수 있을 거란 희망을 줬으니 너무나 고마워 절이라도 하고 싶은 심정이었다.

노래를 할 수 있다는 희망을 가졌다는 것만으로도 하늘을 날아갈 것처럼 기뻤다.

병원을 빠져나오며 강도영은 서현탁을 끌어안고 만세를 불렀다.

이대로, 이렇게 연기에 매진하면서 열심히 살다 보면 언젠가는 노래를 다시 부를 수 있게 될 것이다.

사람들을 감동시키며 웃고 울릴 수 있는 노래를 말이다.

*   *   *

영화사에서 종파티가 있다는 연락을 받고 강도영이 외투를 걸친 것은 11월 중순 무렵이었다.

거의 3월에 촬영을 시작했으니 무려 8개월의 대장정이 끝난 것이다.

인기 있는 영화배우들은 촬영을 하면서 여러 개의 스케줄을 동시에 소화하는 경우가 많았지만 강도영은 오직 '용의 칼'에 올인하며 시간을 보냈기에 막상 촬영이 끝나자 할 일이 없어졌다.

뮤직 비디오와 광고를 찍으며 대중들에게 얼굴을 알렸지만 그에게는 일이 쉽게 들어오지 않았다.

광고주들은 무조건 특급 스타를 섭외하기 위해 애를 쓴다.

상품의 판매를 신장시키기 위해 막대한 돈을 투입하는 광고를 신인에게 맡기는 것은 어리석은 모험이라 생각하기 때문이다.

그가 소속된 '페이스'의 입장도 마찬가지였다.

보유한 스타급 배우들이 광고를 찍어야 수입이 극대화되기 때문에 강도영부터 챙기는 일은 하지 않았다.

촬영이 끝나고 쫑파티가 벌어진 보름 동안 강도영은 서현탁과 함께 무려 30편의 영화를 보면서 시간을 보냈다.

그들이 선택한 영화는 국내외를 가리지 않고 대중들의 사랑을 한 몸에 받았던 흥행 영화들이었다.

그냥 본 것이 아니라 영화가 성공한 원인을 분석하면서 봤기 때문에 같은 영화를 두세 번씩 본 경우도 많았다.

흥행 영화의 성공 요인 중 가장 큰 것은 역시 시나리오였다.

영화의 전반을 끌고 나가는 완벽한 시나리오는 관객들의 시선을 화면에서 떼지 못하게 만드는 마력을 가진다.

두 번째 요인은 대사가 얼마나 쫀득쫀득하게 관객들의 뇌리에 박힐 만큼 매력적이고 재미있냐는 것이었다.

대사가 가지고 있는 힘은 시나리오의 거대한 줄기에서 뻗어 나간 생명수처럼 관객들을 울리고 웃게 만든다.

마지막이 배우였다. 흥행에 성공한 영화들의 공통점은 위의 두 가지 외에 배우들의 연기가 시나리오와 영상 속에 완벽하게 녹아들었다는 것이었다.

이제 '용의 칼'은 쫑파티가 끝나는 대로 편집 작업에 들어가게 된다.

편집 작업은 삽입되는 컴퓨터 그래픽의 양에 따라 다르지만 대체적으로 3개월 정도 걸리는데 사전 작업이 진행된다 해도 특수 효과와 음향, 음악들이 따라붙기 때문에 그 기간이 짧은 경우가 허다했다.

편집 작업이 끝나면 시사회를 개최한다.

천만이 넘는 흥행 영화는 시사회를 통해 개봉 전부터 높은 평점을 기록하며 입소문을 탔고, 영화 평론가들의 호평 속에서 당당하게 개봉 일자를 잡았다.

벌써부터 기대가 되었다.

자신이 출연한 영화가 어떤 모습으로 스크린에 나타나게 될지 상상만 해도 가슴이 뛰었다.

강도영이 쫑파티가 벌어지는 일식집으로 들어서자 공주 역을 맡았던 오디션 동기 한희주가 인사를 해왔다.

약속 시간보다 일찍 왔기 때문에 온 사람은 그녀밖에 없었다.

그녀의 나이는 23살이라고 들었는데 강민경과 같은 소속사 신인이었다.

인사를 하고 뭐라 대화를 나눌 새 없이 사람들이 들어오기 시작했다.

정신없이 인사를 했다. 신인이 가진 최대 덕목은 무조건 인사를 잘하는 것이다.

얼마의 시간이 지났을까.

약속 시간에 맞춰 들어온 신은서가 선배들에게 인사를 한 후 그를 확인하고 활짝 웃으며 다가오는 게 보였다.

마치 오래전에 헤어졌던 친구를 만난 것처럼 그녀의 반가움은 눈에 보일 정도로 진했다.

"어머, 도영 씨, 일찍 왔어요?"

"아니에요. 저도 금방 왔어요."

"오랜만에 보니까 반갑네요. 어떻게 지냈어요?"

"푹 쉬었어요."

"내 생각하면서?"

"하하하……."

"호호호… 도영 씨는 호위 무사니까 오늘 내 옆에 앉아요. 알았죠?"

아무 생각 없이 말한 거겠지, 반가운 마음에.

여자 주인공의 자리는 언제나 따로 있는 법이다. 강도영과 같은 신인은 절대 앉을 수 없는 자리 말이다.

그랬기에 강도영은 웃으며 대답을 하지 않았다.

예상대로 그녀는 스태프에 의해 감독과 주인공, 중요 조연들이 자리한 중앙 쪽 의자에 앉았지만 강도영이 앉은 건 가장 끝 쪽이었다.

마지막으로 감독인 정일호까지 자리에 앉았을 때 조 감독인 민경수의 사회로 쫑파티가 시작되었다.

정일호의 수고했다는 공치사가 흐른 후 주인공들과 주연급 조연들이 전부 한마디씩 하며 분위기를 끌어 올렸다.

그리고 술잔이 돌기 시작했다.

쫑파티의 술자리는 참석한 전원이 폭탄주를 비우는 것부터 시작했는데 워낙 사람들이 많다 보니 술잔이 총알처럼 날아다녔다.

신은서가 술잔을 피해 강도영에게 다가온 것은 회식이 시작된 후 1시간이 훌쩍 지났을 때였다.

발갛게 달아오른 얼굴.

아마 그녀는 선배들과 대화를 나누면서 억지로 쥐어주는 술잔을 마다하지 못하고 꽤 많은 술을 마신 것 같았다.

"여기서 뭐 해요?"

"그냥 있어요."

"치사하게 호위 무사가 구석에 숨어서 왕비가 고난을 겪는데도 모른 체한단 말이에요?"

"고난이라뇨?"

"내 얼굴 봐요. 적들한테 당해서 빨갛게 변했잖아요."

"아… 하하하."

얼굴을 향해 손가락으로 가리키는 그녀의 모습은 더없이 귀여운 피카츄를 연상시켰다.

그랬기에 강도영은 자신도 모르게 웃음을 터뜨렸다.

그걸 두고 볼 신은서가 아니었다.

"왜 웃어요?"

"귀여워서요."

"내가 그렇게 귀여워요?"

이런, 그녀가 얼굴을 강도영에게 불쑥 내밀며 물었다.

술에 취해서 그런 걸까. 다른 사람이 본다면 두 사람을 연인이라 착각할 만한 행동이었다.

"도영 씨는 얼굴이 하나도 안 변했어. 흥, 오늘같이 좋은 날 술도 안 마시고 뭐 했어요?"

"저도 많이 마셨어요."

"거짓말!"

"정말인데……."

"자, 한 잔 받아요."

그녀가 주는 잔을 빙그레 웃으며 받았다. 그러자 그녀가 앞에 놓여 있던 잔을 번쩍 들어 따라준 후 자신의 잔을 내밀었다.

"은서 씨는 그만 마시는 게 좋은 것 같아요."

"아뇨, 도영 씨랑은 한잔해야 돼요. 얼굴은 붉어졌지만 술에 취하지는 않았으니까 걱정하지 마요. 어허, 뭐 해요. 왕비가 따르라는데 호위 무사가 무엄하게시리……."

이젠 어쩔 수 없다.

주변에 있던 사람들이 그녀의 행동을 보면서 웃음을 터뜨리고 있었기 때문에 최대한 이 상황을 빠르게 해결할 필요성이 있었다.

그녀의 잔에 눈물 몇 방울만큼 술을 따라주었다. 그녀가 더 이상 술에 취하게 만들기는 싫었다.

"에게… 이게 뭐예요?"

"그것만 마셔요."

"지금 날 위해서 요만큼 따라준 거예요?"

"은서 씨는 왕비잖아요. 왕비가 술에 취하는 건 호위 무사가 두고 볼 수 없어요."

"호호호… 좋아요. 그럼 우리 건배해요."

강도영의 농담에 그녀가 활짝 웃으며 잔을 내밀었다.

그 잔을 잡은 손이 눈처럼 하얗다.

두 사람은 잔을 주고받으며 촬영장에 있었던 에피소드들에 대해서 즐겁게 이야기를 나눴다.

영화에서 맡았던 배역 때문이었던지 그녀를 다시 보게 되자 아련한 감정들이 다시 올라왔다.

하지만 내색하지 않으려 노력했다.

함부로 자신의 감정을 노출시켜 그녀를 곤란하게 만들 정도로 어리석지 않았다.

민준기가 갑자기 다가와 강도영의 앞에 앉은 것은 신은서가 쥐꼬리만큼 따라준 술을 한입에 털어 넣을 때였다.

"야, 너네 둘이 보기 좋다?"

취했다, 그것도 많이.

더군다나 몸까지 흔들렸고 혀가 꼬부라져 나오는 게 이성을 반쯤 잃은 것 같았다.

"선배님, 취하신 것 같습니다."

"취해… 내가? 술이나 따라봐. 까불지 말고."

"그럼 조금만 따라 드리겠습니다."

민준기가 흔들리는 몸으로 잔을 내밀었기 때문에 강도영이 어쩔 수 없다는 듯 술병을 들었다.

그리고는 신은서에게 한 것처럼 꺾어서 술을 따라주었다.

"이 새끼가, 지금 나를 뭘로 보고. 더 안 따라?"

"죄송합니다."

배려를 하려 했던 것이 민준기의 성질을 건드린 모양이었다. 그는 붉어진 눈으로 인상을 긁으며 강도영을 노려봤는데 심기가 불편해 보였다.

급히 더 잔을 채우자 민준기가 기다렸다는 듯 한입에 마셔 버리고 나란히 앉아 있는 두 사람을 향해 이죽거렸다.

"야, 신은서, 서방을 내버려 두고 호위 무사와 노닥거리면 되겠어? 너 그거 불륜이다."

"선배님, 말조심해 주세요."

"크크크… 말조심이라. 네가 많이 크긴 큰 모양이구나. 말대꾸를 하는 걸 보니."

"저희들 이야기 나누는 중이었어요. 그러니까 자리를 비켜 주세요."

신은서가 눈을 똑바로 뜨고 민준기를 향해 요청을 했으나 그의 눈은 이미 강도영을 향하고 있었다.

"강도영이라고 했지?"

"예, 선배님."

"크윽… 너 저년이랑 사귀냐?"

"아닙니다."

"그런데 왜 이 새끼야, 사람들 많은 데서 히히덕거리고 있지? 내가 보니까 곧 자러 갈 거 같은 분위기던데?"

"선배님, 취하셨군요. 그만하시죠."

"일루 와봐."

조심스럽게 대답하는 강도영을 향해 민준기가 손가락을 까딱거렸다.

자신 쪽으로 다가오라는 신호였다.

그랬기에 강도영이 그를 향해 허리를 숙여 다가갔다.

쫘악!

얼굴이 다가오자 민준기의 손이 번개처럼 휘둘러지며 강도영의 얼굴을 때렸다.

고개가 휙 돌아가자 이번에는 민준기의 왼팔이 올라가며 강도영의 뒤통수를 후려갈겼다.

"이 새끼, 촬영할 때 보니까 어디서 조금 논 모양인데 나한테 걸리면 죽어. 이 새끼야, 좆만 한 새끼가 어디서 선배도 몰라보고 두 눈을 까집어? 죽고 싶어!"

민준기가 휘청거리며 일어서더니 발길질을 하려고 다리를 들어 올렸다.

그것을 보며 신은서가 자리에서 벌떡 일어나며 소리를 질렀다.

"지금 뭐 하시는 거예요!"

"왜, 저놈 네 애인 아니라며. 키키킥… 나서지 마라. 건방지게 굴면 너도 팬다."

"이 사람이 무슨 잘못이 있다고 이러는 거죠? 선배님, 술 취했으면 곱게 들어가서 잠이나 자요. 후배들 보는 앞에서 부끄러운 모습 보이지 말고!"

신은서는 강도영의 앞을 가로막은 채 두 눈을 부릅떴다.

때리려면 때려보라는 기세.

하지만 민준기는 술에 취한 상태에서도 차마 여자는 못 때리겠다는 듯 손만 부들부들 떨었다.

그런 민준기를 사람들이 달려들어 바깥으로 끌고 나갔다.

그는 나가면서도 소리를 고래고래 지르며 발버둥을 쳤는데 여러 번 그런 전력이 있었던지 사람들의 표정은 냉랭했다.

사람들이 민준기를 밖으로 데리고 나가는 걸 확인한 신은서가 급히 강도영을 향해 다가왔다.

그런 후 그의 상태를 확인하며 울먹거렸다.

"도영 씨, 괜찮아요?"

"난 괜찮아요."

강도영이 울먹거리는 그녀의 모습을 올려보며 빙그레 웃었다.

그대로 두면 그녀는 얻어맞은 자신의 뺨을 어루만질 기세였다.

"뭐가 괜찮아요, 정통으로 얻어맞아 놓고!"

　　*　　　　　*　　　　　*

민준기가 사람들에 의해 끌려 나가는 걸 확인한 정일호의 표정이 일그러졌다.

쫑파티 자리에서 지랄을 떤 민준기가 못마땅해 죽겠다는 얼굴이었다.

"저 새끼는 술만 마시면 개가 되네요."

"술버릇 나쁘기로 유명한 놈이지. 그러니까 정 감독이 이해해."

"그래야지 어쩌겠어요. 민경수가 따라 나갔으니 조용히 처리할 겁니다."

"이제 그만 자리를 정리하지?"

"그렇지 않아도 그럴 생각이었습니다. 형님, 노래나 한 곡 하러 가시죠?"

"그거 좋지. 술도 한잔했겠다, 이럴 때는 분위기 전환하는 데 노래가 제일이야."

정일호의 제안에 성동국이 얼굴을 활짝 폈다.

성동국은 정일호보다 나이가 다섯 살이나 많기 때문에 사석에서는 형님이라고 불렀는데 두 사람 다 노는 걸 좋아해서 금방 의기투합되었다.

"그럼 여기 정리시키고 가시죠. 술 취한 놈들은 보내고 남은 애들만 가는 게 좋겠습니다."

"그렇게 해. 그리고 저놈도 데려가자고. 앉아서 날벼락 맞았으니까 위로를 해줘야지."

"그렇지 않아도 그럴 생각이었습니다."

성동국이 신은서와 앉아 있는 강도영을 바라보며 말을 하자 정일호가 당연하다는 듯 고개를 끄덕거렸다.

그들이 2차로 간 곳은 정일호가 자주 가는 단란 주점이었다.

나오면서 미리 전화를 해놨기 때문에 마담이 방을 비워둔 채 그들을 기다리고 있었다.

반은 갔고 반은 남았으니 단란 주점에 들어선 것은 15명이었는데 스태프 쪽에는 정일호, 조 감독인 민경수, 촬영감독과 조명 감독이 남았고 배우들은 성동국과 신은서, 하연화를 비롯한 몇 명의 중견 배우들, 그리고 강도영과 한희주, 남자 신인들 2명이 남았다.

하연화는 민준기와 베드신을 찍었던 여배우로 섹시한 몸매와 얼굴을 지녀 남자들에게 인기가 많았는데 제법 술을 마셨던지 얼굴이 붉어진 상태임에도 꿋꿋이 따라왔다.

마담은 이런 일에 익숙했던 모양이다.

웨이터를 시켜 술만 가져다 놓고 조용히 사라졌는데 이쪽 방으로는 아무도 다가오지 못하게 만들었다.

포문을 연 것은 성동국이었다.

그는 배우 중에서도 노래 잘하기로 소문난 사람이라 자리에 앉아 맥주를 마신 후 곧장 무대로 나갔다.

성동국에 이어 정일호가 자리에서 일어났고 고참 배우들이 차례차례 무대에 나가 분위기를 전환시켰다.

배우들답게 그들은 무대를 장악하고 신명 나는 한판을 벌였다.

민경수가 신은서를 부른 것은 자신의 노래가 끝나고 사람들이 박수를 쳐줄 때였다.

"이번에는 우리의 여주인공 신은서 양의 노래를 들어보겠습니다."

웬만한 여자들이라면 이런 자리에서 노래 부르는 걸 어려워했을 텐데 신은서는 민경수의 부름에 흔쾌히 응하며 무대로 나갔다.

그녀는 배우였고 다른 배우들처럼 무대를 무서워하지 않았다.

얼굴이 붉어졌지만 그녀의 음성은 맑고 부드러웠다.

노래를 부르는 그녀의 매혹적인 모습을 강도영은 말없이 지켜보았다.

그녀가 부르는 노래의 제목을 알 수 없었으나 가사의 내용은 처음 본 남자에 대한 설렘과 호기심, 사랑의 고백에 대한 용기에 관한 것이었다.

신은서는 노래를 부르면서 수시로 강도영을 향해 스쳐 지나가듯 시선을 주었다.

남들이 알 수 없을 정도로 빠르게 지나갔으나 강도영에게 다가온 그녀의 시선은 너무나 따뜻했다.

사람들은 술잔을 내려놓고 전부 그녀의 노래를 감상했다.

노래도 꽤 잘하는 편이었으나 무엇보다 사람들의 시선을 잡아 끈 것은 그녀가 너무나 아름다웠기 때문일 것이다.

이윽고 그녀의 노래가 끝나자 사람들이 우레와 같은 박수를 보내며 환호성을 질렀다.

그런 후 두서없이 앙코르를 요청하며 그녀를 무대에서 내려오지 못하도록 협박했다.

무대에 선 그녀는 사람들의 요청에 웃음으로 대답하며 천천히 입을 열었다.

"저도 노래를 했으니 술 한잔해야죠. 대신 제 호위 무사 역을 맡았던 강도영 씨의 노래를 들어보는 게 어때요?"

*   *   *

민준기의 행패를 받으며 참은 것은 선배에 대한 도리와 술 취한 자에 대한 배려 때문이었다.

그럼에도 뺨을 맞는 순간 예전의 그 불같았던 성격이 튀어 나오려 용틀임을 했다.

고등학교 시절이었다면 민준기가 뺨을 때리는 순간 탁자를 뒤엎고 그의 뼈 하나쯤은 간단하게 부러뜨렸을 것이다.

막상 참고 나자 모든 것이 평화로웠다.

사람들은 민준기의 행패를 욕하면서 그를 달래줬고 잘 참 았다며 성격이 착하다는 소리까지 했다.

속으로 웃었다.

난 착한 놈이 아니다. 그저 착하게 살기 위해 미친 듯이 노 력할 뿐…….

정일호가 다가와 어깨를 두드리며 2차 가자는 소리를 하자 두말하지 않고 따라나섰다.

비록 술 취한 놈에게 얻어터져 기분은 엉망이었지만 감독 이 직접 와서 가자고 했으니 지옥이라도 따라가는 게 맞았다.

하지만 2차 장소가 단란 주점이라는 걸 알고 나서 뭔가 잘 못되었다는 것을 느꼈다.

사람들이 노래를 불렀다.

무대에서 신나게 노래를 부르며 촬영을 무사히 마친 것에 대한 기쁨을 마음껏 즐겼다.

아······.

마음이 불편해지기 시작했다.

지금 당장은 그의 차례까지 오지 않았지만 언젠가는 자신을 부를지 모른다는 판단이 그를 불안하게 만들었다.

눈치를 보며 빠져나갈 생각을 할 때 신은서가 불려 나가는 것이 보였다.

슬쩍 움직였던 몸을 정지시킨 것은 그녀의 살짝 붉어진 얼굴이 너무나 예뻤기 때문일 것이다.

아직도 그에겐 영화를 찍으며 가졌던 호위 무사로서의 감정이 남아 있었던 모양이었다.

그녀는 노래를 잘했다. 조금씩 율동을 타면서 하늘거리는 그녀의 모습은 천사가 따로 없을 만큼 아름다웠다.

이윽고 그녀의 노래가 끝났을 때 지체 없이 일어나 자리를 빠져나가려 했다.

하지만 일어섰을 뿐 움직일 수 없었다.

사람들의 환호를 받으며 인사를 하던 그녀가 갑자기 자신을 호명하며 앞으로 나오라는 손짓을 했기 때문에 모든 사람의 시선이 한꺼번에 다가왔다.

그녀의 손짓을 온몸으로 거부했다.

"죄송합니다. 저는 노래를 못 부릅니다. 그리고 편도선이 부어 지금 목 상태가 엄청 안 좋은 상태라서 노래를 부를 수가 없어요.”

“아따, 그 친구, 빼기는. 못 불러도 좋으니까 가서 한 곡 해. 저기서 왕비님이 기다리는 거 안 보여!”

강도영이 두 손을 흔들며 사정을 했으나 사람들은 막무가내였다.

특히 하늘 같은 대선배인 성동국이 사람들의 목소리를 뚫고 소리를 질렀기 때문에 강도영은 두 손을 멈추어야 했다.

불안하고 초조했으나 어쩔 수 없이 신은서가 서 있는 무대로 걸어 나갔다.

그녀는 불편해하는 강도영의 얼굴을 확인하면서 안절부절 못하며 어색한 몸짓으로 마이크를 넘겨주었다.

얼마 만에 부르는 노랜지 생각조차 나지 않는다.

예전의 그는 노래로 외로움을 달랬고 노래로 세상을 살아가는 의미를 찾았었지만 성대가 무너지면서 더 이상 노래를 부를 수 없었다.

신은서가 자기 자리로 돌아가 앉는 것을 보며 천천히 노래책을 들어 번호를 고른 후 리모컨으로 찍었다.

그가 선택한 노래는 하남석이 부른 ‘밤에 떠난 여인’이었다.

이런 경우가 생길지 몰라서 최대로 키가 낮은 노래를 찾다 보니 사람들의 기억 속에 지워질 만큼 오래된 노래를 선택할 수밖에 없었다.

강도영은 전주가 시작되자 A로 시작되는 코드를 한 키 내렸다. 아직 목에는 자신의 노래를 앗아간 폴립이 악마처럼 자리 잡고 있었기 때문에 최대한 내려야 했다.

한 키 내린 전주가 더욱 부드러워졌다.

'밤에 떠난 여인'은 슬로우 고고 계열의 노래였는데 단조로우면서도 하남석의 저음이 부드럽게 깔리며 이별을 했던 수많은 사람의 가슴을 흔들어놓았던 명곡이었다.

전주가 흐르는 동안 술에 취한 사람들이 삼삼오오 대화를 나누는 것이 보였다.

정일호는 성동국과 뭔가를 이야기하며 머리를 맞댔고 민경수와 촬영감독, 조명 감독은 아까부터 영화 이야기에 빠져서 무대 쪽을 바라보지 않았다.

배우들도 마찬가지였다.

한희주를 비롯한 신인 배우들은 언제 친해졌는지 웃으면서 떠들었는데 젊어서 그런가 표정이 밝았다.

술 때문이다. 다른 사람이 노래를 부를 때는 집중해 주는 게 예의였지만 1차에서 많은 양의 술을 마셨고 2차에 와서도 계속해서 맥주가 들어왔기 때문에 술이 센 사람들만 남았어도 분위기는 자연스럽게 흐트러질 수밖에 없었다.

그러나 무대를 바라보고 있는 사람들도 있었다.

바로 방금 무대를 내려간 신은서와 중앙에서 팔짱을 낀 채 아까부터 정면을 응시하고 있던 하연화가 바로 그들이었다.

전주가 끝나고 강도영의 노래가 시작되자 그녀들의 눈이 빛나기 시작했다.

빠르지도 느리지도 않았으나 강도영은 먼 곳을 응시한 채 차분하게 노래를 불렀다.

억지도 없었고 기교도 부리지 않았다.

그저 노래가 가지고 있는 가사에 충실하며 최대한 부드럽게 노래를 진행해 나갔을 뿐이다.

처음부터 감동을 주는 노래는 아니었다. 그저 한 남자가 떠난 여인을 한없이 그리워하며 참으려 애쓰는 모습이 담긴 노래였다.

하지만 강도영의 노래는 묘하게 사람의 감정을 자극하면서 홀을 적시기 시작했다.

부드러움의 극치. 그리고 그 속에 담긴 외로움과 이별에 대한 아픔.

먼저 신인 배우들의 대화가 멈췄고 곧이어 가장 크게 떠들던 민경수의 시선이 무대로 향했다.

노래가 중반을 넘어 종반으로 치달을 때 좌석에 앉아 있던 사람들은 넋을 놓은 채 전부 무대를 바라보고 있었다.

*   *   *

신은서는 강도영이 당황해하는 모습을 보면서 자신이 커다란 실수를 했다는 걸 깨달았다.

강도영은 그저 겸손을 떨기 위해 노래를 사양한 게 아닌 것처럼 보였다.

두 손마저 흔들며 노래를 부르지 않기 위해 애를 쓰는 그의 모습이 살아남기 위해 몸부림을 치는 사람처럼 보였다.

대선배의 명령을 받으며 어쩔 수 없이 무대에 나온 그에게 마이크를 넘겨줬지만 마음이 편하지 않았다.

그저 호감을 가진 그의 노래를 들어보고 싶었다. 그의 부드러운 음성에서 흘러나오는 노래를 들으면 그 속에 많은 대화가 포함되어 있을 거란 생각.

그 생각 속에 그녀가 포함되어 있기를 바라면서……

세상에는 많은 사람이 있었다.

자신처럼 노래를 곧 잘하는 사람들도 있었지만 노래를 전혀 못해서 놀림감으로 전락하는 사람도 많았다.

강도영은 분명 후자인 게 분명했다.

이렇게 극렬히 노래를 부르지 않으려고 하는 건 그가 살아오면서 노래 때문에 많은 고통을 당했기 때문일 것이다.

자리에 앉아 불안한 눈으로 바라볼 때 포기를 했던지 강도영이 노래를 고른 후 리모컨으로 번호를 눌렀다.

잔잔하게 퍼지는 전주.

가만히 서서 전주가 흘러나오기를 기다리던 그가 급히 키를 내리는 것이 보였다.

그랬구나.

그의 행동에서 그가 예상처럼 노래를 잘 못 부르는 음치란 생각이 강하게 들었다.

대체적으로 노래를 못 부르는 사람들이 저렇게 키를 내리기 때문이었다.

전주는 그녀가 들어보지 못한 것이었다.

하지만 전주에서 흐르는 애잔함은 그녀를 집중시키기에 충분했다.

슬쩍 눈을 돌려 대화에 집중하고 있는 다른 사람들의 행동을 확인하고 한편으로 다행이라는 생각이 들었다.

그를 바라보았다.

조각처럼 생긴 얼굴, 그리고 그 속에 담겨 있는 애잔함. 몸매는 두말할 것 없고 목소리마저 부드러워 그녀가 본 배우 중에서 단연 최고 수준이었다.

사람의 얼굴은 저마다 특성이 있고 지닌 매력이 전부 달랐지만 그에게는 특별함이 있었다.

그녀의 호감을 빼앗아간 것은 그 특별함이었고 그 특별함은 외모가 아니라 그가 지니고 있는 분위기와 성격이었다.

강도영은 언제나 그녀를 진중하게 대했다.

단 한순간도 그녀를 향한 시선에서 경망스러움을 찾아볼 수 없었고 말하는 내내 그녀를 먼저 배려하는 세심함을 보여주었다.

그것이 연예계의 잘생긴 남자들 속에서 한눈팔지 않으며 살아왔던 그녀를 흔들어놓았던 것이다.

드디어 강도영의 입이 열리며 노래가 흘러나왔다.

잔뜩 긴장된 상태에서 그의 노래가 시작되기를 기다리던 그녀의 입술이 단박에 벌어졌다.

부드럽게 떨어진 첫 소절의 충격.

아…….

도대체 뭐지. 왜 그렇게 달콤한 거야.

당신, 지금 나를 떠나보내고 있는 건가요. 그래서 지금 슬픈 거죠?

그의 노래가 심장 속으로 들어와 마구 그녀의 마음을 헤집어놓았다.

그의 노래는 솜사탕처럼 달콤했고, 우유처럼 고소했으며, 초콜릿처럼 부드러웠다.

넋을 놓고 지켜봤다. 그의 노래가 영원히 계속되기를 바라면서.

하지만 그의 노래는 거짓말처럼 멈추고 말았다. 언젠가 다시 돌아올 사랑을 기다리겠다는 약속을 남겨놓은 채.

＊   ＊   ＊

"뭐냐, 저놈!"

성동국이 노래를 끝내고 들어오는 강도영을 향해 중얼거렸다.

그러자 그 옆에 있던 정일호가 비슷한 음성으로 말을 이어 나갔다.

"아무리 봐도 재밌는 놈이에요. 형님, 저놈 연기하는 거 보셨죠?"

"당연히 봤지."

"어땠습니까?"

"신인들 중에서 저 정도의 표정 연기를 할 수 있는 놈은 아무도 없을 거다. 상황에 맞춰서 발사되는 시선 속에 모든 감정이 숨어 있었어. 배우는 감정을 너무 남발하면 과장이 되어 관객들을 식상하게 만들지. 그래서 표정 연기가 어려운 거야. 그런데 저놈은 그걸 잘하더군."

"뜨겠죠?"

"뜰 거란 생각은 들어. 그러나 아직 확인할 게 남았잖아."

"뭐가 말입니까?"

"배우는 표정 연기만 가지고 되는 게 아니야. 저놈의 대사는 이번 영화에서 한정되어 있었어. 영화배우로서 성공하기 위해서는 대사발이 얼마나 좋은지 확인되어야 해. 그리고 또 하나, 역할에 따라 카멜레온처럼 변할 수 있는 능력이 필요하지. 그래서 영화배우들이 톱스타 자리까지 올라가는 데 많은 시간이 필요한 거야. 감독들도, 관객들도 그런 능력이 증명된 배우들을 향해 열광하니까."

"무슨 말씀인지 충분히 알겠습니다. 그래도 저는 저놈이 성공할 거란 예감이 드는군요. 어떻습니까, 저랑 내기 한번 해보시렵니까?"

"싫어, 난 내기라면 이가 갈리는 사람이야. 도박으로 재산을 전부 탕진했다는 거 잘 알면서 그래. 그냥 정 감독이 이긴 걸로 해."

"하하하… 그나저나 저놈 노래 실력도 일품이군요."

"노래는 배우가 지닌 덕목 중에 하나잖아. 그런데 이상한 건 음이 올라갈 때마다 흔들려. 저 노래는 고음이 하나도 없는 노랜데 키까지 내리고도 조금만 올라가면 목소리가 갈라져 나왔단 말이지. 편도선이 부었다고 저렇게 되지는 않아. 고음에 문제가 있는 게 분명해. 저놈은 저 노래 말고 다른 노래를 부르면 듣는 사람 힘들게 만들 거다."

배우였지만 작곡까지 했던 성동국의 평가는 냉정했다.

그는 노래도 잘했지만 작곡을 하면서 가수들과 많은 관계를 가졌기 때문에 노래에 대한 눈이 탁월했다.

그러면서도 그는 강도영을 바라보며 미묘한 눈길을 보냈다.

저음 속에 담겨 있는 감정. 그 감정을 표현해 내는 강도영의 능력이 워낙 탁월했기 때문이다.

＊　　　　＊　　　　＊

강도영이 노래를 마치고 들어오자 사람들이 조용하게 박수를 쳐주었다.

신은서가 불렀을 때 터졌던 함성과 환호는 없었지만 그들의 박수에는 조용한 칭찬이 담겨져 있었다.

특히 강도영을 바라보는 하연화의 시선은 뜨거웠다.

"도영 씨, 노래 잘하네요. 이쪽으로 와요. 나랑 한잔해요."

"고맙습니다, 선배님."

하연화가 맥주잔을 건네주며 옆자리를 비워주자 강도영이 어색하게 다가갔다.

그리고 강도영의 맥주잔을 향해 부드럽게 잔을 부딪쳐 왔다.

"건배!"

도대체 그녀의 주량은 얼만지 모르겠다.

1차에서도 상당한 양을 마셨고 2차에서도 사람들이 주는 술을 마다하지 않고 받아 마셨는데도 얼굴만 붉어졌을 뿐 혀조차 꼬부라지지 않았다.

　그녀가 술에 취하지 않았다는 건 별빛처럼 초롱거리며 빛나는 눈을 보면 알 수 있었다.

　"도영 씨는 보면 볼수록 매력적인 사람이네요. 어쩜 그렇게 노래를 잘하죠?"

　"간신히 불렀습니다. 사실 저는 노래를 못하거든요."

　"거짓말!"

　그녀의 눈이 반달처럼 휘어졌다. 그러자 숨어 있던 색기가 거짓말처럼 줄기줄기 흘러나왔다.

　단순하게 눈을 오므리며 웃은 것만으로 사내의 마음을 진탕시킬 정도의 요염함이 나온다는 건 후천적으로 만들어진 게 절대 아니었다.

　반달처럼 웃는 눈을 만든 그녀의 얼굴이 강도영에게 다가온 것은 어색함 때문에 급하게 맥주를 마실 때였다.

　은밀한 속삭임. 그녀의 입술에서 나온 속삭임은 강도영의 귀를 간지럽히기에 충분했다.

　"취하지 않았죠?"

　"예."

　"한잔 더 할래요? 나랑 둘이서?"

그녀의 속삭임이 뜨겁게 느껴졌다.

촬영장에서 그녀의 소문에 대해 누군가가 이야기하는 걸 얼핏 들은 기억이 났다.

하연화.

데뷔 7년차인 그녀는 배역을 가리지 않는다고 했다.

여배우들이 꺼리는 베드신은 물론이고 어떤 배역이든 최선을 다해 연기하기 때문에 감독들이 매우 좋아하는 배우 중의 하나라고 들었다.

문제는 그녀의 남자관계가 복잡하다는 것이었다.

배우들이 성에 대해서 심각하게 생각하지 않는다지만 그녀의 전적은 그중에서도 특히 화려했다.

과연 그녀는 남자를 어떤 존재로 인식하는 것일까.

은밀하게 말을 꺼낸 후 자신을 바라보는 그녀를 향해 강도영이 빙그레 웃음을 지었다.

"선배님, 아까 말씀드린 것처럼 지금 편도선이 부어서 몸 상태가 엉망입니다. 그러니 술은 나중에 사주시면 고맙겠네요."

"나, 뺀찌 놓는 거예요?"

"네, 맞습니다."

"왜죠?"

그녀의 반문에 강도영의 웃음이 더욱 진해졌다.

여기서 괜히 엉뚱한 변명을 늘어놓는 건 오히려 구차해질 뿐이니 단순하고도 직접적인 대답이 필요하다.

이런 여자에게는 돌직구가 제격이었다.

"저와 단순하게 술을 마시자는 건 아니죠?"

"그건 당연한 거 아닌가요?"

"그래서 안 된다는 겁니다. 저는 아직 동정이거든요."

"그 말… 정말이에요?"

"네."

"도대체 지금까지 뭐 했어요!"

그녀의 놀람에 찬 음성은 음악을 뚫고 나올 정도로 컸다.

그녀로서는 전혀 생각지 못했던 대답이기에 그동안의 은밀했던 음성이 자신도 모르게 커진 것 같았다.

하연화의 목소리에 강도영이 급하게 시선을 돌려 주변 사람들을 보았다.

다행스럽게 다른 사람들은 대화에 빠져 있었기 때문에 그녀의 목소리에 반응을 보이지 않았다.

하지만 단 한 사람, 신은서만은 예외였다.

그녀는 오래전부터 두 사람을 보고 있었던지 하연화의 목소리를 들은 후 곧장 의문에 찬 시선을 보내왔다.

*　　　*　　　*

영화의 편집이 완성되고 시사회 일정이 잡힌 것은 그로부터 3개월이 흐른 후였다.

정일호는 태인영화사의 홍보 팀을 전부 동원해서 '용의 칼'에 대한 홍보를 전방위적으로 때렸다.

주연을 맡은 민준기와 신은서가 수시로 예능 프로그램에 출연해서 영화의 내용과 촬영 에피소드를 소개했고 영화사 측은 미리 완성된 예고편을 텔레비전과 인터넷에 무차별적으로 유포시켰다.

사람들의 관심을 끌기 위해서는 홍보만큼 뛰어난 수단도 없기에 영화사 쪽에서는 모든 방법을 동원해서 홍보에 열을 올렸다.

예고편에는 강도영의 얼굴이 거의 나오지 않았다.

30초짜리 예고편이었기에 '용의 칼'의 줄거리와 CG가 활용된 엄청난 숫자의 군사 동원 장면 등이 영상을 채웠기 때문이다.

그렇게 열심히 홍보를 했어도 인터넷 영화 사이트의 '용의 칼' 기대 지수는 의외로 저조했다.

사람들의 관심에서 점점 멀어지고 있는 사극이란 한계와 주연배우들의 중량감이 떨어지고 감독이 정일호였다는 게 원인이었다.

현재 영화판에는 출연하는 것만으로 무조건 흥행이 보장되는 S급 스타들이 있었는데 민준기와 신은서는 거기에 포함되지 못하는 배우들이었다.

이른바 사대천왕이라 부르는 사람들.

지금까지 기록된 천만 영화들의 대부분은 그들이 출연한 것들이었다.

연기의 신으로까지 불리며 연기 하나만으로 관객들을 울리고 웃게 만드는 능력을 지닌 그들은 영화계를 상징하는 아이콘이었다.

신성욱, 최문호, 김철명, 유혁.

사람들은 이들을 모두 합해 사대천왕이라 불렀다.

*   *   *

시사회 당일.

강도영은 서현탁과 함께 시사회장으로 향했는데 편안한 복장이었다.

그는 무대 인사에서 빠졌기 때문에 정식으로 복장을 갖출 이유가 없었다.

"씨발, 그래도 꽤나 중요한 배역이었는데 무대 인사도 안 시키냐. 정말 더러워죽겠네."

"인마, 나 같은 신인이 무슨 무대 인사를 해. 당연한 거 가지고 자꾸만 성질부리지 마라. 주름살 늘어난다."

"어이구, 속도 편하셔."

"무대 인사에 올라가는 건 아무것도 아니야. 지금 내가 흥분되는 것은 내 모습이 스크린에 나온다는 것이다. 어떻게 잡혔는지 궁금해서 미칠 지경이야."

"잘 나왔을 거야. 사람들이 전부 네 연기를 칭찬했으니까 걱정하지 마."

서현탁이 친구의 어깨를 탁 소리 나게 두드렸다.

그는 강도영의 걱정이 어떤 것인지 누구보다 잘 안다.

두 사람이 시사회장에 도착했을 때 연예인들이 보이기 시작했다.

제법 대중들에게 얼굴이 알려진 가수와 배우, 탤런트, 심지어 개그맨들까지 대거 나타나서 입구에 서 있는 정일호와 배우들에게 인사를 건네고 있었다.

그쪽으로 가지 않았다.

어차피 그는 조연에 불과해서 막상 다가갔을 때 자리를 어색하게 만들 가능성이 컸다.

조용하게 상영관에 들어가 지정된 자리에 앉았다.

이미 상영관에는 이백 석 가까운 자리가 사람들로 꽉 들어차 있었다.

얼마의 시간이 지났을까.

입구에 서 있던 정일호와 배우들이 무대로 들어오자 관객들이 뜨겁게 박수를 치기 시작했다.

시사회장은 처음이었지만 행사가 어떻게 진행되는지는 잘 알고 있었기에 묵묵히 무대에서 인사를 하는 감독과 배우들을 바라보았다.

인사하는 주연배우들의 모습이 별을 닮았다.

그들의 얼굴에 담겨 있는 웃음과 관객들을 향한 기대감은 이 영화가 자신의 것이란 자부심이 가득 들어차 있었다.

*   *   *

"어때요?"

문성일보 연예 전문 기자인 최세욱이 영화 평론가 이창래의 옷깃을 잡은 것은 시사회가 끝나고 관객들이 모두 빠져나갔을 때였다.

그들은 오래전부터 알고 지내는 사이였는데 가끔가다 술자리까지 할 정도로 친분이 있었다.

무대 쪽에서는 정일호를 비롯해서 주연배우들을 취재하기 위해 몰려든 기자들로 가득 차 있는 것이 보였다.

"야, 너는 왜 나만 따라다니냐? 저쪽에 가서 그럴듯한 사진이나 박아. 어차피 좋게 써달라고 봉투 받았을 거 아니야."

"왜 이러세요, 선수들끼리. 나는 저 사람들 사진 찍으려고 여기 온 게 아니란 말이죠. 기자가 그까짓 봉투 때문에 대중들을 속이면 되겠습니까?"

"세욱아, 나도 받았다. 평론 좀 잘 써달라고. 그러니까 더 이상 묻지 마라."

"궁금해서 그래요. 제가 본 것과 형님이 본 게 얼마나 다른지 그저 확인하고 싶다고요."

"지랄한다. 내가 네 검은 속을 모를까 봐!"

이창래가 소리를 빽 질렀다.

그저 확인하고 싶다는 최세욱의 말을 무조건 뻥이다.

어떡하든 영화를 본 자신의 전문적인 시각을 도용해서 기사를 쓰려는 의도가 분명했다.

놈은 연예부 기자를 오래했지만 영화를 보는 눈은 꽝에 가까웠기에 이렇게 관객들의 반응이 애매할 때면 자신을 붙잡고 늘어졌다.

'용의 칼' 시사회를 본 관객들의 반응은 제각각이었기에 뭐라 단정 짓기가 힘들었다.

남자 관객들은 박수를 쳐주는 사람들이 있는 반면 투덜거리며 무슨 영화를 이따위로 만들었냐는 사람도 많았다.

하지만 최세욱을 고민하게 만든 것은 여자들의 반응이었다.

여자들은 남자들과 달리 대부분이 아무 말도 하지 않았는데 가끔가다 눈이 붉어진 사람들도 보였다.

최세욱의 얼굴을 바라보며 이창래가 천천히 입을 연 것은 어차피 결과는 변하지 않을 거란 생각 때문이었다.

여기서 자기가 영화사를 생각해서 아무리 좋은 말로 포장해도 영화의 성공 여부는 결국 관객들에게 달렸기 때문이다.

"내가 봤을 때 백만에서 백오십만 정도는 들겠다."

"제작비가 무려 100억이나 들었다는데 그 정도면 무조건 까지잖아요. 괜찮아 보이던데 그 정돕니까?"

"소재는 괜찮아. 그런데 시나리오에 임팩트가 없단 말이지. 영상은 좋은데 군데군데 허점이 많아서 주위가 산만해. 더군다나 주연배우들, 특히 민준기의 연기는 기대에 훨씬 못 미쳐서 관객들을 설득시키기 힘들어."

"화려한 영상미는 압권이던데요. 특히 액션 신은 대단했습니다. 나는 지금까지 수많은 영화를 봤지만 이렇게 멋진 액션 신은 처음 봅니다. 형님은 안 그랬습니까?"

"그렇지 않아도 그 말을 하려고 했다. 나도 이렇게 완벽한 액션 신은 처음 본다. 마치 실제로 싸우는 것처럼 액션이 살아 있더군. 특히 그놈은 괜찮았어. 표정과 눈빛이 생생히 살아 있어서 단연 돋보이더라. 내가 그 정도 관객 수를 예측한 건 순전히 그놈 때문이야. 걔마저 없었다면 이 영화는 완전히 망했을 거다."

"강도영 말씀이시죠?"

"그래, 그놈. 호위 무사 역을 맡은 애가 강도영이냐?"

"신인이라고 하던데요."

"어쨌든 그놈은 주목할 필요가 있겠어. 오디션에서 뽑았다고 들었는데 물건이야."

"그럼 조금만 더 묻겠습니다. 형님께서 시나리오에 임팩트가 없다고 말씀하셨는데 구체적으로 어떤 부분이……."

＊　　　　　＊　　　　　＊

시사회장에서 가장 스포트라이트를 받은 것은 정일호가 아니었고 주연을 맡았던 민준기나 신은서도 아니었다.

사진 기자들이 벌 떼처럼 몰려들었던 건 바로 사대천왕에 꼽히는 유혁과 천만 영화를 세 편이나 만들었던 김동혁 감독이었다.

그들은 정일호와의 인연 때문에 시사회장에 왔는데 모습을 드러내는 순간부터 언론의 관심을 한 몸에 받았다.

영화가 모두 끝났을 때 기자들이 무대에서 마지막으로 감독과 출연 배우들의 인터뷰를 따고 있는 걸 보면서 그들은 자리에서 일어나지 않았다.

그들이 움직이면 영화를 만든 주역들의 잔치가 이상해질 수도 있기에 축제가 끝날 때까지 가만히 앉아서 기다려 주었던 것이다.

김동혁은 감독만 20여 년 하면서 수많은 히트작을 만들어 낸 사람이었고 유혁과는 떼려야 뗄 수 없을 정도로 긴밀한 사이였다.

그의 영화에 유혁이 7편이나 주인공으로 등장한 것만 봐도 얼마나 가까운 사인지 충분히 알 수 있었다.

유혁이 사대천왕에까지 올라온 건 최소한 반 이상 김동혁으로 인한 것이었다.

"정일호가 수고 많았는데 안타깝구나."

"감독님이 보시기엔 어땠습니까?"

"내가 늘 정일호를 안타깝게 생각하는 건 저 친구가 시나리오를 관장하는 능력이 부족하다는 거야. 너도 봤다시피 영상미와 액션, 그리고 CG까지 훌륭했어. 하지만 관객을 끌어당기는 힘이 너무 부족해. 내가 누차 말했는데도 고질처럼 고쳐지지 않아. 영화의 생명이 시나리오라는 걸 저 친구는 아직도 믿지 못하는 모양이다."

"역시… 그렇죠. 제가 봤을 때도 그랬습니다. 시나리오만 좋았다면 이 정도 영상미를 뽑아냈으니 중박 이상은 터뜨렸을 겁니다."

"얼마로 보냐?"

"글쎄요, 잘하면 이백만은 가지 않을까요?"

"네가 주인공을 하고 시나리오만 잘 수정했으면 충분히 천만 정도 땡겼을 영화다. 이 정도 거액을 투자해서 대박을 터뜨리지 못한다면 그건 감독의 역량에 문제가 있다는 뜻이다. 정일호는 더 이상 영화를 만들면 안 돼. 괜히 돈만 날릴 뿐이야."

"안타까운 일이죠. 저한테 콜이 왔을 때 차기작이 이미 계약됐다고 거절한 것도 비슷한 이유 때문입니다."

"내 생각엔 이백만이 아닐 것 같다."

"그럼 그것도 안 된단 말씀입니까?"

"아니, 오히려 그 반대야."

"예?"

"두고 봐라. 이 영화, 중박 이상은 터뜨릴 것 같다는 예감이 든다."

"무슨 소린지 모르겠네요. 허점이 많다면서 왜 그런 판단을 하셨습니까?"

"너도 알 텐데?"

"혹시… 그놈 때문입니까?"

"그래, 맞아. 그놈 때문에 이 영화는 산다. 내 감각이 맞다면 이 영화는 본전을 뽑을지 몰라."

"특이한 놈입니다. 무술 실력도 뛰어나고 표정 연기도 기가 막혔죠. 이 영화에서 가장 눈에 띈 건 그놈입니다. 조연으로 그 정도의 존재감을 드러내는 건 결코 쉽지 않은 일인데 말입니다."

"영화를 살리고 죽이는 건 관객들의 입이다. 그 입에서 그놈의 이름이 나오기 시작한다면 상황이 어떻게 변한지 몰라. 영화를 흥행시키는 요소는 무궁무진하지만 가장 결정적인 것은 배우지."

"음⋯⋯."

유혁의 입에서 작은 신음 소리가 새어 나왔다.

그 역시 영화를 보는 내내 강도영이 눈에 들어왔으나 조연 하나 때문에 흥행이 될지도 모른다는 추측은 해보지 않았다.

영화는 특정 배우 하나 때문에 흥행이 좌우되지 않는다는 걸 오랜 배우 생활 동안 경험했기 때문이다.

그럼에도 유혁은 김동혁의 말에 반론을 제기하지 않았다.

김동혁은 흥행의 귀재였고 그가 바라보는 영화의 깊이는 자신의 예상 범주를 훨씬 뛰어넘을 정도로 대단했기 때문이다.

"혁아."

"예, 감독님."

"그래서 말인데⋯ 네 파트너로 그놈을 기용하면 어떻겠냐?"

"예?"

"왜 마음에 안 들어?"

"하지만 저놈은 완전 신인인데 괜찮을까요? 표정 연기는 괜찮았지만 다른 역을 소화하는 건 보지 못했잖습니까?"

"내가 아까 들었는데 저놈이 액션 연기를 위해서 다섯 달이나 코리아에 가서 살았다고 하더라. 매일같이 출근했다더구만."

"그냥 하는 소리겠죠."

"아니야. 조철상이 직접 얘기한 거야. 조 감독은 강도영을 보고 괴물이라고 표현했어. 조철상이 누구냐. 그 사람이 아무나 칭찬하는 거 봤어? 그 정도의 집념을 가졌다면 배우로서의 자격이 충분할 거다."

"그래도 강태산 역은 주연입니다. 저와 같은 레벨로 출연하는 건데 너무 부담이 크지 않을까요?"

"그래서 두고 볼 생각이다. 내 감각대로 '용의 칼'이 움직인다면 나는 그놈을 쓸 생각이야. 대중이 감동할 정도라면 그놈이 가지고 있는 힘이 증명되는 것이니까."

"감독님이 그렇게 결정하신다면 당연히 따라야죠. 하지만 그때가 되면 제가 먼저 직접 만나보겠습니다. 그놈이 정말 저와 호흡을 맞출 수 있는 '히어로'의 주인공으로 자격이 되는지 확인해 보고 싶군요. 그 정도는 저한테 맡겨주실 수 있겠죠?"

제25장
인연은 바람처럼 I

　이미정은 화장대 앞에 앉았다.

　폼클랜징을 하고 스킨과 로션을 바른 후 메이크업 베이스와 컨실러, 파우더까지 한 다음 천천히 립스틱을 발랐다.

　그러고는 새로 산 옷으로 갈아입었다.

　오늘따라 정성 들여 화장하고 새 옷을 꺼내 입은 건 요즘들어 소원해진 남자 친구와의 관계를 개선해 보고 싶다는 생각 때문이었다.

　신용석을 친구 소개로 만난 것은 2년 전의 일이었다.

　잘생긴 얼굴에 성격도 유쾌했고 워낙 열렬히 구애했기에 자연스럽게 사랑에 빠졌으나 2년이란 세월이 지난 지금까지도 그들의 관계는 한 치 앞을 헤아리지 못할 만큼 앞으로 나가지 못하고 있었다.

그녀의 나이 29살.

사랑이란 놈은 서로를 알아가면서 점점 깊어진다고 했으나 그 말은 거짓인 것 같았다.

시간이란 지독한 괴물은 그토록 다정했던 신용석의 태도에 많은 변화를 가져오게 만들었다.

누군가 불렀던 '오래된 연인'이란 노래처럼 그들의 데이트는 점점 설렘에 가득 찬 것이 아니라 의무적인 것이 되어버렸고 이제는 섹스조차 가뭄에 콩 나듯이 뜸해진 상태였다.

오늘도 그녀는 2주 만에 신용석을 만나는 것이었다.

나이가 나이인 만큼 결혼이란 단어를 생각했으나 신용석은 아예 그런 생각이 없는 듯 그녀의 바람과는 전혀 다른 행동으로 일관해서 그녀를 답답하게 만들고 있었다.

부모님은 결혼 이야기를 하며 그녀에게 선을 보라는 압박을 해왔으나 신용석은 그에 대해 일언반구 말이 없었다.

먼저 말해볼 생각이었다.

무작정 기다릴 것이 아니라 나에 대한 그의 감정을 묻고 두 사람의 앞날에 대해 진지하게 대화해서 오늘은 어떤 식으로든 결론을 보고 싶었다.

그랬기에 최대한 예쁘게 치장하고 그를 만나기로 한 카페로 나갔다.

그가 예쁘게 치장한 자신의 모습을 보고 기뻐하기를 바라면서.

하지만 신용석은 카페에 들어와 자리에 앉을 때까지 핸드폰만 바라보다가 그녀를 힐끗 바라보고는 시큰둥한 음성으로 커피를 시켰다.

"나, 오늘 예쁘지 않아?"

"화장했네. 웬일이야?"

"자기한테 예쁘게 보이려고 했지. 우리 오랜만에 만나잖아."

"에이, 선보는 것도 아닌데 왜 그랬어, 불편하게. 볼 거 못볼 거 다 본 사이에 갑자기 그러니까 이상해."

"내가 이상하게 보여?"

"그런 말이 아니라… 그렇게 입고 있으면 불편할 것 같아서 그래. 데이트하면서 그럴 필요는 없잖아."

"그래……."

그의 반응에 이미정의 얼굴이 자연스럽게 굳어졌다.

그런 존재가 되어버렸구나. 예쁘게 치장해도 예쁘게 보이지 않은 존재가 되어버렸어…….

막상 그런 생각이 들자 그녀의 마음이 갑자기 공허해졌다.

이 남자.

나를 생각하는 이 남자의 마음이 도대체 뭔지 당장에라도 묻고 싶었으나 이미정은 커피를 마시며 아무 말도 하지 않았다.

오랜만에 만나서 불편한 이야기를 먼저 꺼내 데이트를 망치고 싶지 않았다.

아직 시간은 많으니까 천천히… 천천히 하자.

예상대로 신용석은 커피 잔이 바닥을 보이자 영화를 보러 가자고 제안했다.

마음 같아서는 교외에 놀러가자는 말을 하고 싶었으나 그의 의견에 따라주었다.

영화관에 도착한 그는 상영하고 있는 영화들을 주욱 둘러본 후 30분이나 남은 사극 영화를 골랐다.

지금 현재 인기 순위 1위는 그녀가 좋아하는 장우혁 주연의 '그대의 첫사랑'이었고 상영 시간도 10분 후에 시작되었지만 신용석은 그녀의 의견조차 묻지 않은 채 어제 개봉했음에도 3위에 올라 있는 '용의 칼'을 끊었다.

금방 개봉한 영화가 3위에 있다는 것은 그만큼 인기가 없다는 것을 의미했으나 신용석은 전혀 아랑곳하지 않았다.

그때도 그녀는 웃는 얼굴로 그저 고개만 끄덕이며 아무 말도 하지 않고 지켜만 봤다.

어차피 그녀가 '그대의 첫사랑'을 보고 싶다 해도 신용석은 사극 영화를 고집했을 것이다.

언제부턴가 그는 그녀의 의견보다 자신의 의견을 먼저 생각하고 있었다.

영화관은 아울렛과 같은 건물에 있었기에 30분이란 시간 동안 아이쇼핑을 하면서 시간을 보냈다.

회사 이야기, 친구 이야기, 그리고 그가 좋아하는 낚시 이야기.

아울렛을 거닐며 한 이야기는 대부분 그의 일상에 관련된 것들이었다.

그가 이야기하는 동안 수시로 맞장구를 쳐줬고 웃기지 않은 말들에도 연신 웃음을 터뜨렸다.

그의 마음이 즐거워진다면 오늘 해야 할 말들이 좋은 결과로 나타날지 모른다는 기대를 하면서.

시간이 되어 영화관으로 향하는 그의 뒷모습을 바라보며 이미정은 한숨을 흘려냈다.

뭘까, 가슴을 공허하게 만드는 이 남자의 뒷모습은…….

그녀는 영화를 좋아했으나 영화가 진행되는 동안 집중할 수가 없었다.

마음은 다른 곳에 가 있었기 때문에 영화를 바라보던 시선이 자꾸 움직였다.

사랑하는 연인들의 속삭임, 서로를 터치하며 팝콘을 나눠 먹는 모습이 영화에 집중하고 있는 신용석의 얼굴과 대비되며 그녀의 가슴을 아프게 만들었다.

그러던 한순간 그녀의 시선이 스크린에 고정되기 시작했다.

처음 보는 영화배우였으나 여자 주인공을 바라보는 그의 시선 때문에 자연스럽게 몰입이 되었다.

호위 무사로 나오는 남자의 시선은 처음 신용석이 그녀를 바라볼 때의 그 시선과 너무나 닮아 있었다.

그가 나올 때마다 저절로 양손이 쥐어졌다.

그의 슬픈 시선, 안타까운 사랑, 사랑을 지키기 위한 비장한 남자의 의지.

그 모든 것이 그녀의 마음을 송두리째 흔들어놓았다.

마지막 장면에서 수많은 적과 싸우다 죽어가던 그의 대사를 들으며 자신도 모르게 눈물이 주르륵 흘러나왔다.

너무나 안타까워 스크린 속으로 달려 들어가 그의 피 묻은 손을 잡아주고 싶을 정도로 그의 사랑은 가슴 아픈 것이었다.

그래… 사랑은… 이런 것이야. 이런 게 사랑이란 걸 왜 난 지금까지 잊고 살아왔던 것일까.

그녀의 마주 잡았던 손에 힘이 가해졌다. 그녀의 손은 어느새 꽉 쥐어져 있었는데 눈에 들어 있는 것은 자신의 망설임에 대한 후회와 결심이었다.

*　　　　*　　　　*

　김성령이 대학 동창 모임에 나간 것은 일요일이었다.

　그녀는 여대를 졸업했기 때문에 친구들과 수다에 빠지는 재미로 분기에 한 번 있는 동창 모임에 반드시 나갔다.

　벌써 대학을 졸업한 지 5년째.

　대학을 다니면서 친한 친구들 다섯 명과 모임을 만들었는데 모임명은 평범한 그녀들의 외모와 어울리지 않게 '예쁜이들'이었다.

　직장 생활을 하다 보면 자연스럽게 친구들과 소원해질 수밖에 없지만 '예쁜이들'의 멤버는 수시로 번개팅을 했고 분기마다 이렇게 만나기 때문에 우정이 점점 깊어져 만날 때마다 즐거웠다.

　그녀들이 만나는 장소는 대부분 강남역 주변이었는데 오늘은 직장인들이 자주 모이는 '벤허'라는 생맥주집이었다.

　"성령아, 너네 회사에서 만든 자동차 잘 빠졌더라?"

　"아휴… 잘 팔려야 보너스도 받을 텐데 걱정이야. 요즘 사람들이 외제차를 많이 사서 내수가 예전 같지 않아."

　"그건 그래. 내 주변에도 외제차 사는 사람들 많아. 왜 그 비싼 외제차를 좋아하는지 모르겠어."

광고 회사에 다니는 이혜영이 맥주를 한 모금 마신 후 걱정스러운 표정을 만들었다.

그녀의 말대로 요즘 국내에는 외제차로 홍수가 날 지경이었다.

김성령이 맥주잔을 치켜든 건 친구들과 만나서까지 직장이야기로 스트레스를 받고 싶지 않았기 때문이다.

"이놈의 지지배들, 가뜩이나 예쁜 것들이 안 본 사이에 더 예뻐졌네. 우리 거국적으로 건배하자. 오케이?"

"오케이."

친구들이 그녀가 잔을 치켜드는 것과 동시에 잔을 부딪치며 건배를 해왔다.

아직 모두 처녀들이기에 남편 걱정, 자식 걱정이 없으니 이런 날이 되면 그녀들은 마음껏 스트레스를 풀었다.

"미라야, 너네 왕자님은 잘 계시니?"

"응, 잘 계셔. 아주 잘 계시지."

"어째 대답이 이상하다?"

"왕자님이 아니니까 그렇지. 그 인간 아무래도 왕자 될 생각이 없나 봐?"

"왜?"

"프러포즈할 생각을 안 해요, 속 뒤집어지게. 맨날 징징대면서 월급 적다는 소리만 한다니까. 그래서 내가 미칠 지경이야."

"헐!"

"그러는 너는, 아직도냐?"

"우씨… 난 어제도 딱지 맞았다. 어째 선보는 놈들마다 외모만 따지는지 몰라. 아, 열 받아."

김성령이 입을 주욱 내밀고 맥주잔을 들어 단숨에 벌컥벌컥 마셨다.

예쁜 얼굴은 아니었지만 그렇다고 아주 미운 얼굴은 아니었고 그럭저럭 몸매도 괜찮아서 거울 보기 부끄럽지 않은 외모를 가지고 있었다.

그런데 이상하게 선보는 놈들마다 즐거웠다는 말만 남기고 바람처럼 사라지길 반복해서 미치고 펄쩍 뛰게 만들었다.

이혜영이 키킥거리며 웃을 수 있는 건 그녀 역시 김성령과 비슷한 처지였기 때문일 것이다.

"난 이제 더럽고 치사해서 선 안 본다. 요즘 들어 혼자 사는 것도 괜찮다는 생각이 들어. 아름다운 싱글. 어때, 단어 죽이지?"

"지랄하지 마. 그래도 시집은 가야 인간 대접 받는다. 섹스도 마음껏 할 수 있고."

"흐흥, 기집애. 좋은 건 알아갖고. 그래서 계속 선볼 거야?"

"어쩌겠냐. 언젠가는 내 짝이 나타나겠지."

"퇴짜 맞고 그 긴긴 토요일 날 뭐 하셨어?"

"영화 봤다."

"무슨 영화?"

"용의 칼이라고 삼 일 전에 개봉한 거야. 사극 영화."

"뭐 그런 걸 봤어. 요즘 그대의 첫사랑이 잘됐다고 하던데 그걸 보지 그랬니?"

"그건 저번 주에 봤어."

"화려한 싱글답다. 그래, 그 영화 어떻디?"

"호호호… 갑자기 말하기 싫어지네."

"왜?"

"그냥… 나 혼자 간직하고 싶다고나 할까. 하여간 그래."

"얼씨구, 사극 영화에서 뭘 봤길래 혼자 간직해. 거기서 왕이 섹스하는 장면 여러 개 나온다더니 그것 때문이야?"

"바보, 그놈은 헉헉대기만 하던데 그런 걸 뭐 하러 간직해."

"우씨, 그럼 뭔데?"

"거기서 호위 무사로 나오는 남자가 있는데 이 남자가 죽여주거든. 그 슬픈 눈빛, 목소리. 아휴, 심장 떨려. 어제 봤는데도 아직까지 눈앞에서 생생하네."

"얼씨구."

"말로 설명할 수 없으니까 그만 물어. 볼 영화가 없어서 봤는데 탁월한 선택이었단 말이지. 그 남자 본 것만으로도 난 어제 정말 행복했어."

"와, 그렇게 말하니까 정말 궁금하네. 그 남자가 누군데?"

"혹시 너 커피 광고에 나온 남자 봤어?"

"그 고마워요?"

"맞아, 고마워요를 유행하게 만든 남자."

"아, 걔가 용의 칼에 나온 거야? 걔 정말 잘생겼던데, 분위기도 있고."

"그 사람 이름이 강도영이다. 그런데 영화에서는 광고와 완전 분위기가 달라. 정말 여자 속을 환장하게 만든다니까!"

"어떻게?"

"그건 보면 알아."

*   *   *

정일호는 영화 개봉이 되는 날 '성불사'에 가서 불공까지 드렸다.

이번 영화는 반드시 성공하게 해달라고 부처님전에 절을 하며 간절하게 기도했다.

하지만 태인영화사의 배급력으로 영화관 수를 800개나 확보했지만 개봉 당일의 러닝 기록은 불과 25,000명에 불과했다.

영화는 보통 목요일에 개봉되는데 만만하게 여겼던 '그대의 첫사랑'이 의외의 흥행을 일으키며 관객 수를 확보했고 할리우

드의 액션작 '골리앗'이 나머지 관객을 차지했기 때문에 개봉 당일의 성적은 그야말로 처참할 지경이었다.

'그대의 첫사랑'은 '용의 칼'보다 일주일 먼저 개봉했지만 시간이 지날수록 흥행 돌풍을 일으키며 관객들을 끌어모으고 있었다.

간절한 마음으로 주말을 기대했으나 상황은 나아질 기미를 보이지 않았다.

평론가들이 '용의 칼' 시사회를 본 후 흥행이 어렵다고 예상했다는 걸 들었지만 믿지 않았다.

'용의 칼'은 무려 백억이란 돈을 처들여서 만든 영화였기에 어느 정도 자신감이 있었기 때문이다.

화려한 CG, 누구나 감탄했던 액션 신, 거기에다 눈요깃감을 잔뜩 불어넣은 베드신까지 관객들이 혹할 만한 모든 장치를 때려 넣었으니 내심으로는 천만까지 갈 수 있을 거란 희망에 부풀어 있었다.

그러나 상황은 그의 기대를 무참하게 짓밟으며 허물어지고 있었다.

개봉 일주일이 지나도록 '용의 칼'은 겨우 60만을 넘었을 뿐이었다.

이대로라면 '용의 칼'은 다음 주말쯤이면 스크린에서 내려와야 하는 운명이다.

홍행에 참패한 영화의 생명은 2주가 고작이기 때문이었다.

기적이 생기기 시작한 것은 개봉하고 일주일이 꼬박 지난 후부터였다.

말도 안 된 일이 벌어진 것은 월요일부터였는데 가장 관객이 적게 들어온다고 알려진 그날 무려 48,000명이 들어왔던 것이다.

그러나 그것은 시작에 불과했다.

날이 거듭될수록 관객의 숫자는 불어났고 개봉한 지 2주가 지난 토요일에 드디어 13만이라는 숫자를 찍었다.

"지금까지 얼마나 들어왔지?"

"170만이 넘었습니다."

"도대체 이게 무슨 일이냐? 미치고 펄쩍 뛰겠네."

다 죽어가던 정일호의 얼굴이 민경수의 대답을 들으며 활짝 펴졌다.

시간이 갈수록 관객 수가 많아지고 있었기 때문에 그는 금방이라도 날아갈 정도로 기분이 업된 상태였다.

"이 정도로 뒤늦게 반응이 온 건 '용의 칼'이 처음입니다. 관객들이 이제야 우리 영화의 진면목을 알아본 모양입니다."

"크크크… 그래, 그렇지. 푸하하하……."

정일호의 입에서 통쾌한 웃음이 쏟아져 나왔다.

그에 맞춰 민경수도 즐거운 표정을 숨기지 않았다.

한참 동안 웃던 정일호가 웃음을 그치며 물은 것은 아직도 걱정이 남아 있었기 때문일 것이다.

"스크린 쪽은 어떠냐?"

"뒤늦게 관객이 몰려서 줄이려던 스크린 수를 그대로 두고 있습니다. 그 자식들 민감하잖습니까."

"당연하겠지. 씨발 놈들, 감히 내 영화를 죽이겠다고 덤벼들었단 말이지. 나중에 반드시 본때를 보여줄 테다."

"다음 주 정도에 잘하면 250만을 넘을 것 같습니다. 인터넷 쪽에서도 반응이 좋아서 기대할 만합니다."

"거기서는 무슨 말이 나와?"

"그게… 대부분의 댓글이 강도영 이야기예요. 그놈에 관한 글들로 도배가 되어 있습니다."

"영화가 잘 만들어졌다는 말은 없고?"

"가끔가다 있긴 합니다. 하지만… 강도영에 관한 이야기가……."

"이런 씨발!"

정일호가 이야기를 듣다가 욕설을 내뱉었다.

민경수의 말에 따르면 일개 조연 때문에 영화가 빛을 보고 있다는 말이었다.

말도 안 되는 소리다. 영화가 일개 조연 따위 때문에 성공한다는 건 절대 있을 수 없는 개소리에 불과하다.

이런 현상이 벌어진 건 오로지 영화를 매력적으로 만들었기 때문이라는 게 그의 생각이었다.

*　　　　　*　　　　　*

JYN의 연예부 기자 황민영은 '한밤의 연예 소식'과 '주간 영화' 등에 출연하며 배우들에 관한 소식을 전하는 리포터로 활동하고 있었다.

그녀는 늘씬한 몸매와 외모를 가졌고 말솜씨도 뛰어날 뿐만 아니라 성격조차 좋아서 방송국은 물론 시청자들에게까지 사랑받는 여자였다.

황민영의 하루 일과는 매일 사람들을 만나며 새로운 소식을 취재하는 것이 대부분이었다.

그녀의 재산은 얼마나 많은 연예인들의 가십거리를 새롭게 접하냐는 것이기에 항상 촬영 현장과 팬미팅 장소를 찾아다녀야 했다.

물론 인터넷의 화젯거리도 그녀의 주요 탐색 대상이었다.

황민영이 '한밤의 연예 소식' 데스크의 지시를 받고 '용의 칼'에 대해 조사를 시작한 것은 어제부터였다.

초반 부진한 러닝 성적으로 영화계에서 웃음거리가 되었던 '용의 칼'이 믿어지지 않을 정도의 뒷심을 발휘하며 선전을 거

답하자 데스크 쪽에서 취재를 해오라는 오더를 떨어뜨렸던 것이다.

4주가 지난 지금 '용의 칼'은 400만이라는 러닝 스코어를 기록하고 있었는데 관계자들은 500만도 가능할 것이란 추측을 내놓고 있었다.

그녀가 먼저 한 것은 '용의 칼'을 직접 관람한 것이었다.

호랑이를 잡으려면 호랑이 굴에 들어가야 한다는 속담이 있듯이 직접 영화를 보지 않고 '용의 칼'에 대해서 취재를 하는 것은 장님이 문고리 잡는 것과 비슷한 짓이었다.

영화를 보고 난 후 영화 사이트에 들어가 평론가들의 의견을 일일이 훑어보았다.

그들이 준 영화 평점은 5.5에 불과했는데 여러 가지 단점들이 순서와 관계없이 나열되어 있었다.

반면에 관객들이 준 점수는 최초 6.3에서 시작되어 시간이 갈수록 높아져 현재 8.1을 기록하는 중이었다.

많은 관객이 영화를 보면서 재밌었다고 느꼈다는 뜻이었다.

다음으로 그녀가 한 것은 일반 관객들의 댓글과 영화 블로그에 들어가 반응을 살피는 것이었다.

글을 읽으면서 저절로 고개가 끄덕여졌다.

그들의 반응도 그녀가 영화를 보면서 느낀 것과 크게 다르지 않았기 때문이다.

이제 남은 것은 '용의 칼'을 뒤늦게 흥행토록 만든 사람을 만나는 것뿐이었다.

*   *   *

강도영은 개봉 직후 영화가 곤두박질치며 흥행에 실패하자 자신의 잘못인 양 밥도 제대로 먹지 못했다.

처음으로 출연한 영화의 실패는 그를 상심케 하기에 충분하고도 남았다.

서현탁은 그의 잘못이 아니라고 수시로 떠들어댔으나 얼굴에 웃음을 담을 수 없었다.

전적으로 자신의 잘못이 아니라 해도 그 역시 영화의 한 부분을 담당했으니 책임을 면할 수 없다고 생각했다.

그런 시간이 얼마나 지났을까.

개봉 첫 주가 지나면서 기적처럼 서서히 관객이 몰려들더니 '용의 칼'은 예매 성적 1위에 오르는 기염을 토해내기 시작했다.

너무 놀라고 기뻐서 만세를 불렀다.

그동안 연락이 없었던 신은서까지 전화를 해와 서로를 향해 정신없이 축하 인사를 나눴는데 그녀는 전화 말미에 시간 내서 축하주를 마시자는 제안까지 했다.

놀람은 거기서 그치지 않았다.

JYN의 간판 연예 프로그램인 '한밤의 연예 소식'에서 그를 인터뷰하고 싶다는 연락을 해왔던 것이다.

그 소식을 전하자 서현탁이 강도영을 끌어안고 방방 뛰어다녔다.

방송국에서 인터뷰를 원한다는 건 그만큼 관심을 받았다는 뜻이고 자신이 '용의 칼'에서 맡은 배역을 충실히 이행했다는 걸 의미하는 것이었다.

윤철욱은 강도영에게 인터뷰 요청이 왔다는 걸 알게 되자 날짜에 맞춰 서은경을 총알같이 보내줬다.

그는 연예계의 생리를 누구보다 잘 아는 사람이었기에 방송국의 인터뷰가 무슨 의미를 가졌는지 정확하게 꿰뚫고 있었다.

인터뷰 당일.

청색 계열의 정장을 받쳐 들고 나타난 서은경은 강도영을 만나자마자 웃음부터 터뜨렸다.

"도영이, 너 너무했어."

"뭘요?"

"그렇게 여자들 혼을 쏙 빼놓을 수 있냐. 호호호… 하여간 잘생긴 놈들은 조심해야 해. 나한테는 그런 눈빛 보내지 마라."

"아이고, 누나. 그러지 마세요."

"내가 잠시 한눈판 사이에 스타일이 엉망되었네. 여기 와서 앉아. 다시 왕자로 만들어줄 테니까."

"누나, 그 양복은 뭐죠?"

"뭐긴, 오늘 인터뷰할 때 입을 옷이지. 네 사이즈에 딱 맞춰서 준비한 거니까 어울릴 거야."

"그거 비싸 보이는데……."

"윤 실장이 처리해 줬다. 걱정하지 마. 어머, 피부 좀 봐. 어쩜 이럴 수 있어! 네 얼굴은 소중하니까 자기 전에 반드시 클렌징하고 마사지하랬잖아. 너 그동안 안 했지?"

"남자가 무슨 클렌징을 매일 해요. 화장도 안 하는데."

"이 바보야, 넌 얼굴이 재산이야. 소중하게 다뤄야 된다고 몇 번이나 말해!"

"알았어요, 다음부터는 조심할게요."

서은경은 입맛을 다시며 의자에 앉은 강도영의 얼굴에 이름도 모르는 크림을 잔뜩 바른 후 꼼꼼히 닦아냈다.

그런 후 정성스럽게 화장을 시작했다.

화장한 게 티 나지 않을 정도로 연했지만 그녀의 손이 지나갈 때마다 얼굴 피부가 뽀얗게 변하는 마법이 나타났다.

강도영은 화장을 한 후로도 그녀의 손에 이끌려 헤어숍까지 다녀온 후에 옷을 갈아입을 수 있었다.

옷이 날개라더니 꼭 그 짝이다.

청색 정장을 갈아입은 강도영의 모습은 남자를 돌같이 여기는 서은경까지 입을 떠억 벌리게 만들 정도로 매력적이었다.

　　　　*　　　　　*　　　　　*

　황민영은 연예부 기자 경력이 5년이나 되는 베테랑이었기에 수없이 많은 배우를 만난 경험이 있었다.

　그녀에게 배우는 남자가 아니라 직업 때문에 어쩔 수 없이 만나는 비즈니스 파트너에 불과한 사람들이었다.

　아무리 잘생긴 남자 배우들을 만나도 가슴이 떨리지 않았다.

　그녀의 머릿속에 들어 있는 건 오직 그들에게서 드라마나 영화에 관련된 재밌는 에피소드들과 개인적인 사생활에 대한 정보를 얻는 것뿐이었다.

　그랬기에 그녀는 오늘 만나는 강도영에 대해서 꽤 많은 정보를 수집하고 나왔다.

　신인이었기에 그에 관한 정보는 한정된 것이었으나 그가 출연한 연극 내용과 반응까지 살폈고 광고에 대한 부분과 영화 촬영에 관한 것들에 대해서도 꼼꼼하게 챙겼다.

　인터뷰를 하기 위해서는 상대방에 대한 정보는 기본이다.

　드디어 시간이 되자 문이 열리며 강도영이 들어서는 것이 보였다.

　그를 만나기로 한 것은 '페이스'의 미팅 룸이었는데 문으로 들어서는 그를 본 순간 방 안이 온통 환한 빛으로 뒤덮이는 착각마저 들었다.

예의를 지키기 위해서 일어선 것이 아니었다.

그저 다가오는 그를 보자 자신도 모르게 저절로 엉덩이가 일어났을 뿐이다.

"안녕하세요, 저는 JYN의 황민영 기자예요. 반갑습니다."

"오시느라 고생하셨어요. 강도영입니다."

강도영이 먼저 손을 내밀어 그녀의 작은 손을 잡았다.

잡는 듯 마는 듯.

숙녀의 손을 잡으면 마치 아기라도 생길 것처럼 그는 손끝만 살짝 잡았다가 슬그머니 손을 거두었다.

얼굴이 붉어졌지만 내색하지 않으려고 노력했다.

지금 주변에는 카메라 기자와 페이스의 기획실장까지 와 있었기 때문에 자칫 부끄러운 모습을 보일 수도 있었다.

인터뷰는 강도영이 윤철욱에게 정중히 인사하고 난 후 미팅 룸에 있던 사람들이 모두 나간 다음부터 시작되었다.

미리 세팅된 카메라가 돌아가면서 그녀는 언제 그랬냐는 것처럼 프로 리포터로 돌아갔다.

"시청자 여러분, 오늘은 화제의 영화 '용의 칼'에서 수많은 여인의 가슴을 흔들어놓았던 강도영 씨를 만나보겠습니다. 안녕하세요, 강도영 씨. 만나서 반가워요."

"반갑습니다."

"지금 영화계에서 '용의 칼'이 난리 났는데 그건 알고 계시죠?"

"그럼요. 모든 것이 저희 영화를 사랑해 주신 관객분들 덕분이라고 생각합니다."

"호호… 용의 칼은 참 특이한 영화인 것 같아요. 뒤늦게 흥행에 성공한 것도 그렇지만 주연배우들보다 호위 무사 역을 맡은 강도영 씨가 주목받고 있는데 거기에 대해서 어떻게 생각하세요?"

"아무래도 호위 무사 역이 매력적이라 그런 것 같아요. 여자 주인공을 사랑하는 호위 무사의 헌신적인 마음이 관객들에게 어필되었다고 생각해요."

"물론 그런 면도 있지만 영화를 본 사람들이 대부분 강도영 씨의 연기를 칭찬하고 있어요. 신인인데도 불구하고 표정과 눈빛 연기가 인상적이었다는 반응이에요."

"아직도 부족한 부분이 많은데 잘 봐주셨기 때문인 것 같습니다. 더 열심히 해서 사랑받는 연기자가 되도록 노력하겠습니다."

"영화에서는……."

황민영은 준비된 질문을 하나씩 해가며 인터뷰를 진행했다.

진행 시간은 30분이 훌쩍 넘었지만 막상 텔레비전에서는 편집 과정을 거쳐 1분 남짓 방송될 것이다.

그럼에도 황민영은 다른 때와 달리 강도영의 눈에서 시선을 떼지 않고 갖가지 질문을 던졌다.

그의 눈에 담겨 있는 알 수 없는 그리움과 애잔함은 그녀의 시선을 잠시도 떨어뜨리지 못하게 만드는 마술을 부리고 있었다.

*   *   *

평창동에 있는 김동혁의 맨션에 유혁이 들어온 것은 1시간 전이었다.

평창동 맨션은 솔로인 김동혁이 혼자 거주하는 곳으로 김동혁 사단이라 불리는 배우들이 수시로 드나드는 곳이었다.

감독마다 선호하는 배우들이 있었는데 김동혁 사단이라 불리는 배우들의 숫자는 10명이 조금 넘었다.

김동혁과 유혁은 소파에 앉아 술을 마시며 새로 제작되는 영화 '히어로'에 관해서 대화를 나누는 중이었다.

'히어로'는 검찰에서 수사권이 독립된 경찰이 정치권과 경제인, 그리고 조직 폭력을 소탕하기 위해 만든 특수본 '비호'의 형사들에 관한 이야기였다.

이미 제작을 위한 투자는 한 달 전에 모두 끝난 상태였는데 김동혁이 메가폰을 잡고 유혁이 주인공으로 나온다는 소식이 전해지자 서로 투자하겠다고 난리를 피우는 바람에 경쟁이 치열했다.

"혁아, 텔레비전 켜봐. 한밤의 연예 소식에서 그놈 나온다고 하더라."

"강도영 말이죠?"

"그래."

얼굴이 붉어진 김동혁이 빙그레 웃으며 유혁의 옆에 있던 리모컨을 가리켰다.

그의 말대로 텔레비전을 켰지만 한밤의 연예 소식은 한참 동안 걸 그룹에 관한 소식을 전하고 있었다.

유혁이 요즘 인기 절정을 달리는 피앙세가 춤추는 장면을 보면서 입을 떼었다.

"쟤들 나이가 평균 25살이라면서요. 그런데도 애들로 보이네요. 요즘 여자애들은 도통 나이를 모르겠어요."

"옷을 저렇게 입어서 그래. 옷만 바꿔 입으면 금방 달라져."

"그나저나 감독님 대단하세요. 용의 칼이 이 정도로 흥행될 줄은 정말 몰랐습니다."

"그래서 너는 배우고 나는 감독이란 거다. 보는 눈이 다 똑같으면 감독이 있을 필요가 없지."

"하하… 그런가요?"

어찌 보면 당연한 일이기에 실없이 웃었다.

감독의 눈은 배우의 눈보다 배나 높은 곳을 바라보고 있었으니 보는 시각도 그만큼 차이가 날 수밖에 없다.

유혁이 계면쩍은 웃음을 흘리며 양주잔을 들어 한입에 털어 넣었다.

그들 앞에 놓인 발렌타인 30년산은 뒤끝이 부드러워 둘이 한 병을 나눠 마셔도 머리 아픈 일은 생기지 않았다.

그때 텔레비전 화면이 바뀌며 '한밤의 연예 소식' MC를 맡고 있는 하연웅이 '용의 칼'에 대해서 이야기를 시작했다.

화제의 영화라는 타이틀을 제목으로 내보낸 화면에서는 그의 목소리에 맞춰 '용의 칼' 예고편이 잠시 흐르다가 리포터 좌석에 있던 황민영에게로 카메라가 옮겨졌다.

그런 후 그녀의 영화 소개에 이어 강도영과의 인터뷰 장면이 나왔다.

"언제 만나볼래?"

"저놈요?"

"그래. 네가 만나본다고 했잖아."

"정말 저놈을 쓰실 생각입니까?"

"아직도 너는 저놈이 부족하다고 생각해?"

"강태산 역은 저놈과 분위기가 확연히 달라요. 강태산은 카리스마로 똘똘 뭉친 놈입니다. 저놈처럼 조각 같은 얼굴과는 근본적으로 어울리지 않습니다. 아무리 생각해도 강태산 역은 저놈과 어울리지 않는다는 생각이 들어요."

"만약 어울린다면?"

"예?"

"저놈이 그 역을 완벽하게 소화한다면 어쩔 거냐고?"

"그건……."

김동혁이 두 눈을 빛내며 쳐다보자 유혁이 대답을 제대로 하지 못하고 말끝을 흐렸다.

오랫동안 그를 봤으니 대충 지금의 상태가 어떤 것인지 짐작할 수 있다.

지금 김동혁의 상태는 강도영에 대해 확신을 가지고 있는 것이 분명했다.

그리고 그의 짐작이 맞다는 걸 증명하는 목소리가 김동혁에게서 흘러나왔다.

"혁아, 내가 이렇게까지 성공한 것은 배우 보는 눈이 한몫했기 때문이야. 내가 너한테 쟤를 만나라고 한 것은 출연 여부를 결정하라는 게 아니라 가서 부탁하라는 뜻이었다."

"부탁을 하라니요?"

"텔레비전 인터뷰에까지 나왔으니 어떤 놈들이 그냥 두겠냐? 괜히 미적거리다가 다른 놈이 낚아채 가면 상황이 복잡해지니까 네 면상 들이밀어서 데리고 오라는 뜻이야. 알겠어?"

　　　　*　　　　　*　　　　　*

　'페이스'의 대표 이승환은 사무실에 출근하자마자 윤철욱을 콜했다.

　그가 부르지 않아도 시간이 되면 들어오는 윤철욱이었으나 이승환은 그사이를 참지 못하고 전화기를 들었다.

　"사장님, 무슨 일이십니까?"

　"거기 앉아봐."

　이승환이 가리키는 소파를 바라보며 윤철욱이 잔뜩 의문을 나타냈다.

　자신을 부른 이승환의 얼굴에 들어 있는 건 다급함이 아니라 즐거움이었기 때문이다.

　"아침부터 기분이 좋아 보이시네요."

　"그래 보여?"

　"궁금하니까 빨리 말하시죠. 무슨 일이십니까?"

　"윤 실장, 강도영한테 광고가 세 개나 들어왔다. 그것도 꽤 좋은 조건으로."

　"정말요?"

　"아침부터 그럼 내가 너하고 실없이 농담하겠어?"

　이승환의 얼굴에 들어 있는 웃음이 점점 진해져 갔다.

강도영만 생각하면 저절로 웃음이 나온다.

솔직히 말해서 '페이스'는 그에게 아무런 투자도 하지 않았다.

회사에서 해준 건 뮤직 비디오와 광고에 공짜로 출연시킨 게 다였고 영화는 저 스스로 오디션을 봐서 참여한 것이었다.

물론 전담 코디와 매니저를 붙여주었지만 매니저는 계약직으로 박봉이었고 서은경은 몇 달 전부터 다른 스타들을 둘이나 더 떠맡았기 때문에 전담이라고 볼 수도 없었다.

'용의 칼'이 히트를 하면서 이승환은 수없이 많은 전화를 받았다.

방송국의 드라마 PD들이 강도영에 관한 것을 캐물었고 광고 회사 쪽에서도 그의 프로필과 출연 가능성에 대해서 타진해 왔다.

그럼에도 진짜 광고를 찍자는 제의가 올 줄은 꿈에도 생각하지 못했다.

그것도 세 개나.

비록 용의 칼이 히트했다고는 하지만 강도영은 신인에 불과해서 광고 쪽으로의 진출이 아직은 어렵다고 판단했는데 오히려 광고 쪽에서 적극적이었다.

"사장님, 어떤 광고입니까?"

"게임 관련이 둘이고 맥주 광고도 하나 들어왔다."

"그건 톱스타들이나 하는 광고잖습니까. 그걸 왜……?"

"강도영의 액션 장면이 게임 콘셉트에 맞아떨어진 모양이야. 맥주 광고는 그놈의 스타일 때문인 것 같고."

"이 자식, 이거 복덩이군요. 워낙 괜찮은 마스크라서 뜰 거라고 예상했지만 정말 빠른데요?"

"크크크……."

"웃음소리 좀 고치라니까요. 아무리 좋아도 그런 웃음소리는 내지 마십시오."

"너무 좋아서 그래. 광고도 광고지만 TCN의 김성현한테 전화가 왔거든. 강도영을 만나고 싶다면서 말이야."

"김성현이가 왜 강도영을 보자는 거죠?"

"아무래도 드라마 출연 때문에 그런 것 같아. '태양의 전사'라고 들어봤어?"

"그게 뭔데요?"

윤철욱의 반문에 이승환이 의외라는 표정을 지었다.

'페이스'의 기획실장을 맡고 있는 윤철욱은 연예계 쪽의 최신 정보에 대해서는 빠삭한 사람이라 오히려 이승환이 정보를 듣는 경우가 많았다.

원숭이도 나무에서 떨어진다고 하더니 윤철욱이 모르는 일도 있단 생각에 괜히 우쭐한 기분이 들었다.

그랬기에 이승환은 어깨를 으쓱하고 천천히 그의 의문을 풀어주었다.

"TCN에서 새로 제작하는 드라마야. 스파이 세계를 다룬 거라고 하더라."

"거기에 도영이를 출연시킨다고요?"

"그럴 거란 짐작이지 확정은 아니야. 하지만 출연하는 순간 강도영의 인생은 새롭게 시작될 테니 우리로서는 어떻게 하든 잡아야지."

"주연을 주지는 않을 테니 조연이겠군요. 김성현이 만든 드라마는 대부분 성공했으니 출연하면 좋기는 하겠네요."

"그렇게 단순하게 생각할 일이 아니다."

"그럼요?"

"김성현은 이수현과 엮여져 있어. 아무래도 김성현이 강도영을 찾는 건 이수현의 입김이 작용한 것 같단 말이야. 너도 은밀하게 도는 소문 들어봤지?"

"김성현과 이수현이 애인 관계란 거요?"

"그래, 바로 그거야. 이번에도 '태양의 전사'는 이수현 작품인 것 같아. 이수현이 쓴다면 시청률이 최소 30%는 넘어. 그 말은 출연만 한다면 조연이라도 충분히 스타로 발돋움할 수 있는 기회를 잡을 수 있다는 말이다."

"허어, 이수현 작품이라면 무조건 나가야죠. 걔가 쓰는 건 지나가는 행인이라도 출연해야 됩니다."

"내 말이 그 말이다."

"김성현이 언제 보자는데요?"

"최대한 빠른 시간에 날짜를 잡아달래. 네가 도영이하고 통화해 봐. 광고 문제도 있으니까 오늘 나오라고 해."

"알겠습니다."

제26장
인연은 바람처럼 II

자고 나니 스타가 되었다는 말이 새삼스럽게 실감났다.

'용의 칼'에 출연하고 나서 꾸준하게 그의 프로필을 클릭하는 숫자가 늘어나더니 '한밤의 연예 소식'에 인터뷰 장면이 나간 후부터는 폭발적으로 증가했다.

서현탁은 오늘도 아침부터 강도영과 붙어 있었다.

매니저가 된 이후로 그는 아침부터 저녁까지 붙어 있다가 해가 완전히 진 이후에야 집으로 돌아갔다.

"도영아, 드디어 네가 뜨는 모양이다. 아이고, 나 이러다가 스타 매니저 되겠어."

"좋냐?"

"그럼 좋지 안 좋아. 좋아서 미치고 펄쩍 뛸 지경이다."

"현탁아… 나 계속해서 너한테 물어보고 싶은 게 있었는데……"

"뭐야, 인마. 왜 뜸을 들여!"

"너 내 매니저 계속할 거야?"

"그럼?"

"너도 연기를 하고 싶어 했잖아. 나는 네가 옆에 있어주면 좋지만 나 때문에 네가 연기를 포기할까 봐 겁이 난다."

"나 연기, 포기 안 했어. 지금도 계속해서 공부하고 있으니까 걱정하지 마."

"이렇게 나랑 계속 같이 있으면서 무슨 공부를 해?"

"밤에 하고 있어. 너 뜨고 나면 나도 연기할 거다. 그러니까 얼른 톱스타 되어서 나 좀 끌어줘. 친구 덕에 영화도 출연하고 드라마도 출연해 보자."

"이놈이 이제 보니 젯밥에 관심이 있었네."

"크크크… 원래 사는 게 그런 거야."

뻔뻔하게 웃는 서현탁을 바라보며 강도영이 한숨을 흘러냈다.

그래, 맞다. 사는 게 다 그런 거지.

서현탁이 연기하는 모습을 보면서 놀란 게 한두 번이 아니었다. 놈의 연기는 능청 그 자체였고 코믹 연기에도 일가견이 있어서 연극할 때 관객들을 배꼽 잡게 만들곤 했었다.

자신이 이렇게 사람들한테 알려진 것은 페이스에 스카웃되면서 기회를 잡았기 때문이다.

현탁이에게도 그런 기회가 필요했다. 그리고 정말 자신이 톱스타가 된다면 그 기회를 친구 놈에게 나눠주고 싶었다.

위이잉, 위이잉…….

핸드폰이 갑자기 울어댄 것은 서현탁이 웃음을 그치고 물이 끓는 것을 확인한 후 커피를 타기 위해 달려갈 때였다.

"여보세요?"

─강도영 씨 핸드폰이죠?

"예, 제가 강도영인데요."

─반가워요. 나는 유혁이라고 합니다.

"누구시라고요?"

─유혁입니다. 영화배우 유혁.

"아… 안녕하세요, 선배님. 몰라 뵈어서 죄송합니다."

뒤늦게 정체를 눈치챈 강도영이 눈을 찢어지도록 부릅뜨며 소리 내어 인사를 했다.

얼마나 놀랐는지 그는 전화를 하는 중임에도 허리를 굽히며 최대한의 존경심을 나타냈다.

유혁.

영화계를 주름잡고 있는 사대천왕의 한 사람으로서 그가 동원한 관객 수만 해도 모두 합치면 8,000만 명이 될 정도의 대배우였다.

그런 사람이 전화를 해온 현실이 믿어지지 않았다.

강도영의 행동에 커피를 타던 서현탁이 행동을 멈추고 무슨 일이냐는 듯 고갯짓을 했지만 그에게 아무 말도 하지 못했다.

수화기를 통해 흘러나오는 유혁의 이야기를 한 자도 놓치면 안 된다고 생각했기 때문이다.

―도영 씨, 내가 오늘 도영 씨를 보고 싶은데 시간이 어떠세요?

"저를요?"

―바쁩니까?

"아닙니다. 아닙니다. 괜찮습니다."

―그럼, 점심 먹으면서 우리 소주 한잔할까요?

"그러겠습니다. 무조건 나가겠습니다."

―그럼 장소와 시간은 문자로 보내줄 테니까 이따가 봅시다.

통화가 끝나는 소리가 흘러나왔어도 강도영은 쉽게 핸드폰을 귀에서 내리지 못했다.

배우들에게 영웅으로 칭송되는 유혁이 밥을 먹자는 제안을 해오다니 꿈인지 생시인지 분간이 되지 않았다.

서현탁이 커피를 타서 가져왔으나 강도영은 받을 생각조차 못 했다.

"도영아, 무슨 전환데 그래?"

"유혁 씨 전화다."

"유혁이가 누군데?"

"영화배우 유혁, 몰라?"

"헉! 정말이냐. 아니, 그 사람이 왜 너한테 전화를 해?"

"만나고 싶대, 점심때."

"우와, 미치겠다. 왜 만나자는데?"

"그건 못 물어봤어. 어쨌든 나간다고 했다. 가서 들어봐야지. 무슨 말을 하는지……."

미처 생각하지 못했다.

상대가 유혁이라는 걸 알게 된 후 너무 놀라 만나자는 이유도 묻지 않았다.

그랬기에 서현탁의 질문을 받은 후에야 뒤늦게 아차 하는 생각이 들었지만 다시 전화해서 물어본다는 건 있을 수 없는 일이었다.

위이잉… 윙.

오늘따라 웬일일까.

울고 있는 핸드폰의 액정을 바라보자 윤철욱의 이름이 찍혀 있었다.

"실장님, 안녕하세요."

―뭐 해?

"지금 현탁이랑 집에 있습니다."

―너 오늘 사무실로 나와야겠다. 할 말이 있어.

"언제요?"

―점심때 나와라. 내가 맛있는 거 사줄게.

"저기… 실장님, 점심때는 안 될 것 같아요. 다른 약속이 있어서요."

―무슨 약속?

"사실은 유혁 씨와 점심 약속이 잡혔어요. 그래서……."

―누구라고, 지금 유혁이라고 했어?

"예."

―걔가 왜?

윤철욱도 놀란 모양이었다.

유혁은 국내 최대 엔터테인먼트 '자이언트'의 간판 배우로서 영화 출연 한 편당 평균 10억을 벌어들이는 스타였다.

오죽하면 사대천왕에 포함되어 있을까.

"모르겠습니다. 일단 나가서 만나보려고요."

―음… 그럼 만나고 들어와. 그러고 나서 이야기하자.

＊　　　＊　　　＊

유혁이 정한 장소는 우습게도 충무로에 있는 삼겹살집이었다.

워낙 인기가 있는 대배우라 얼굴을 숨길 수 있는 비밀 고급 카페 같은 곳에서 만나자고 할 줄 알았는데 막상 가보니 너무 허름해서 약속 장소가 맞나 하는 의심이 들 정도였다.

그나마 일부러 약속 시간을 1시 반으로 잡은 것은 회사원들의 점심시간을 피하기 위해서였던 모양이다.

사적인 만남이었기에 서현탁과 같이 오지 않았는데 막상 문을 열고 들어서자 유혁이 혼자 먼저 자리를 잡고 기다리는 것이 보였다.

워낙 유명한 사람이었으니 알아보지 못할 리 없었다.

강도영은 빠른 걸음으로 다가가 그의 앞에 서서 정중하게 인사를 했다.

"선배님, 늦어서 죄송합니다. 강도영입니다."

"아… 어서 와요. 하하하, 늦지 않았어요. 내가 도영 씨 보고 싶어서 20분이나 빨리 온걸요."

그랬다.

강도영은 먼저 와서 기다리기 위해 10분이나 빨리 왔기 때문에 지금 시간은 1시 20분이었다.

유혁이 손을 내밀어 강도영의 손을 잡았다.

반가움의 악수였겠지만 강도영에게는 하느님의 손처럼 경이로웠다.

"이 집은 삼겹살집이라 내가 먼저 시켰어요. 혹시 삼겹살 못 먹는 건 아니죠?"

"아닙니다. 잘 먹습니다."

"그럼 배고플 테니까 먹으면서 이야기합시다."

성격이 철두철미한 사람인 모양이다.

유혁은 미리 시켜서 탁자에 나와 있던 삼겹살을 잔뜩 달궈진 솥뚜껑 위에 올렸다.

그러고는 소주병을 들며 경직된 표정으로 있는 강도영을 향해 빙그레 웃었다.

"소주 잘 마셔요?"

"네, 잘 마십니다."

"그럼 한 잔 받아요."

"아닙니다. 제가 먼저 따르겠습니다."

강도영이 급하게 그가 잡고 있는 소주병으로 팔을 뻗었다.

그러자 유혁이 못 이기는 체 소주병을 넘겨준 후 자신의 잔을 들어 술을 받았다.

삼겹살은 금방 익었으나 유혁이 계속해서 술을 따라줬기 때문에 한 점도 집어 먹지 못했다.

그가 소주병을 내려놓은 건 연속해서 석 잔을 마신 후였다.

"삼겹살이 고기 중에는 최고예요. 사람들은 괜히 격식 때문에 비싼 소고기를 먹는데 맛으로는 삼겹살을 따라올 수 없단 말이지. 안 그래요?"

"저도 그렇게 생각합니다. 선배님, 제가 불편하니까 말 놓으세요."

"그래도 될까?"

"정말입니다. 그래주십시오."

"오케이, 편하게 하자니까 그러자고. 오늘 할 말도 편하게 해야 될 말이니까. 자, 배고플 텐데 일단 먹자."

식성이 좋다.

솥뚜껑 위에 자글자글 익은 삼겹살을 그는 쌈에 싸서 우걱우걱 먹었는데 정말로 맛있어죽겠다는 표정이었다.

유혁은 강도영이 삼겹살을 먹는 동안 아무 말도 하지 않다가 어느 정도 배가 채워졌을 때 또다시 술병을 들어 올렸다.

"용의 칼은 내가 봤을 때 영화는 엉망이었다. 네 생각은 어떠냐?"

"저는 부분적으로 조금 부족하지만 대체적으로 잘 만들었다고 생각합니다."

"하하하… 팔은 안으로 굽는다고 하더니 꼭 그 짝이구나."

"죄송합니다."

"도영아, 용의 칼은 너 때문에 산 거야. 만약 네가 없었다면 용의 칼은 벌써 예전에 시체로 변했을 거다. 정일호 감독은 너한테 절이라도 해야 돼."

"듣기 민망한 말씀이세요. 저는 신인이고 배역도 조연에 불과했습니다. 그 정도로 역할을 했다고 생각하지 않습니다."

"겸손이냐?"

"그럴 리가 있겠습니까. 진심입니다."

"좋아, 그건 그렇다 치고 도영아!"

"예."

"내가 몇 달 후에 영화를 찍는다. 제목은 '히어로'고 액션이 많이 들어가는 영화야. 특수 사건을 맡는 형사에 관한 이야긴데 시나리오가 무척 흥미로워. 더군다나 메가폰을 김동혁 감독님이 잡는 대작이지. 거기서 나는 주인공인 문장용 역할을 맡을 거다."

"아… 말만 들어도 기대되네요. 더군다나 선배님이 주인공을 맡으셨다면 엄청나게 흥행할 것 같습니다."

"문제는 말이야, 주인공이 둘이라는 거다. 하나는 난데 나머지 하나는 아직 결정이 되지 않았어. 어떠냐, 너 나랑 영화 한 번 찍지 않을래?"

"제가… 제가 말입니까?"

"그래. 너! 솔직히 말하면 너를 김동혁 감독님이 찍으셨다. 나한테 너를 설득해서 데려오라고 내보낸 게 바로 감독님이야. 감독님은 너를… 또 다른 주인공인 강태산 역의 적임자라고 생각하신다."

　　　　*　　　　　*　　　　　*

　유혁과 헤어진 후 기다리고 있던 서현탁을 만날 때까지 정신이 멍해서 아무런 생각도 할 수 없었다.

　배우들의 영웅. 그것도 사대천왕 중의 한 명이라는 유혁과 함께 밥을 먹다니, 어제까지만 해도 상상하지 못할 일이었다.

　하지만 그건 또 아무것도 아니었다.

　천만 영화를 세 개나 때려낸 김동혁 감독이 자신을 찍었다는 말을 들었을 때 심장이 덜컥 떨어지는 줄 알았다.

　그는 모든 배우가 해바라기처럼 바라보고 있는 영화계의 전설인데 자신을 주인공으로 낙점했다는 게 이해되지 않았다.

　방금 일어난 일인데도 꿈을 꾸고 있는 것 같았다.

　"인마, 왜 그래. 혼이 쏙 빠진 놈처럼?"

　"현탁아, 큰일 났다."

　"왜… 유혁 씨가 뭐라고 그랬는데 큰일이 나. 그 사람이 죽이기라도 한대?"

　"나보고 영화에 출연하란다."

　"영화에 출연하라니, 그게 무슨 말이야? 그 사람은 배운데 자기가 뭐라고 영화에 출연하래. 뭐 독립 영화 찍나?"

　"그 사람이 그러는데……."

강도영이 유혁을 만났던 일을 차근차근 말하기 시작하자 서현탁의 얼굴이 허옇게 질려갔다.

행운은 한꺼번에 찾아온다고 했는데 막상 그런 일이 현실로 닥쳐오자 그는 질린 표정을 숨기지 못했다.

＊　　　　　＊　　　　　＊

신은서는 영화를 끝내고 나서 한 달 정도 휴식을 취하다가 또다시 바쁜 스케줄 때문에 정신없이 움직였다.

광고를 찍어야 했고 각종 인터뷰와 방송 출연 등 스케줄이 빡빡하게 잡혀 있었다.

모든 일정은 소속사인 '마스터'에서 관리했는데 영화가 뒤늦게 성공 가도를 달리자 신은서의 스케줄은 하루도 편히 쉴 수 없을 만큼 더욱 바빴다.

그나마 다행인 것은 최근 들어 새롭게 시작되는 MDN의 드라마 출연이 결정되면서 스케줄이 뜸해졌다는 것이다.

드라마에 출연이 결정되면 소속사는 가급적 가외의 스케줄을 잡지 않기 때문이었다.

오랜만의 외출.

여배우의 외출은 언제나 조심스럽고 부담스러웠지만 그녀는 친구들과 약속을 하고 압구정동으로 나갔다.

대학교 때 친하게 지내던 하지연은 광고 회사에 다녔고, 정은주는 국내에서 가장 잘나가는 KDH 영화사에서 근무하고 있었다.

같은 연영과 출신임에도 그녀들이 연예계를 떠난 것은 결국 신은서처럼 뛰어난 외모와 연기력이 없었기 때문이다.

약속 장소는 이탈리안 레스토랑 '돌체'였는데 모자를 눌러 쓰고 선글라스를 썼는데도 워낙 몸매가 아름다웠기 때문인지 사람들의 시선이 한꺼번에 몰려왔다.

그럼에도 뻔뻔하게 걸었다.

어차피 얼굴을 반쯤 가리는 선글라스를 썼기 때문에 의심이 되겠지만 그녀의 정체를 사람들이 알아보지 못할 거란 생각을 가지고 있었다.

룸에 자리 잡고 있던 하지연과 정은주는 그녀가 들어서자 황당한 표정을 숨기지 못했다.

"아예 얼굴을 붕대로 칭칭 감고 다니지 그러니, 미라처럼."

"호호… 미안해. 그래도 이렇게 하고 다니는 게 좋아. 사람들한테 떠밀려서 다니는 것보단 낫잖아."

"고생이다. 그러길래 왜 스타가 됐어. 우리 봐라. 사는 게 얼마나 편해."

"그래. 부럽다, 이것아."

친구들을 만나니까 좋다.

스타로 살아가는 건 꿈을 좇아 떠나는 여행이었지만 친구들과 이렇게 편한 즐거움을 가지는 건 여행 중에 만나는 오아시스 같은 것이었다.

파스타에 곁들여 와인을 마시며 그동안 못다 한 수다들을 마음껏 나누었다.

영화 이야기, 회사 이야기.그리고 애인 이야기까지.

광고 회사에 다니는 하지연이 불쑥 강도영에 관한 이야기를 꺼낸 것은 신은서가 찍은 광고가 화제에서 내려갔을 때였다.

"은서야, 너랑 같이 연기했던 강도영도 광고에 출연할 거야."

"도영 씨가?"

"그래, 우리 회사에서 찍는 맥주 광고에 걔가 발탁되었어. 신인인데 워낙 마스크가 좋아서 광고주가 떠밀었단다. 광고주가 여자 사장이거든. 하여간 여자들은 늙으나 젊으나 잘생긴 놈들을 너무 좋아해."

"잘됐네."

"그런데 은서야, 걔 직접 보니까 어떻디?"

"너도 봤을 거 아냐. 본 그대로지."

"화면에서 보는 거하고 실제로 보는 것하고 어떻게 똑같아. 실제로 봤을 때의 분위기라는 게 있잖아."

"좋아, 떨릴 만큼."

"어머, 얘 좀 봐. 말하는 게 수상하네."

"그 남자, 묘하게 사람을 잡아끄는 매력이 있어. 성격도 착하고 행동하는데 모난 걸 한 번도 본 적이 없어. 쉽게 말해 남자로서 특A급이다."

"우와, 신은서가 특A급으로 분류하는 남자도 다 있네. 정말 별일이다."

"그 정도로 멋지거든."

하지연의 탄성에 신은서가 미소로 답했다.

쫑파티에서 헤어진 후 지금까지 전화 통화만 세 번 했을 뿐 한 번도 만난 적이 없었으나 그의 모습은 그녀 곁에서 언제나 맴돌았다.

그에 대한 호감이 결정적으로 커진 것은 하연화의 수작질을 담담하게 거부하는 그의 얼굴을 본 후부터였다.

그녀도 하연화가 얼마나 여우 같은 여잔지 잘 알고 있었다.

마음에 드는 남자에게 접근하는 그녀의 섹시함을 그렇게 단호히 거부한다는 것은 그의 성품이 어떤지 단적으로 증명하는 것이었다.

지금까지 남자에 대해서 고민한 적이 없었다.

그녀에게 접근해 온 남자들은 언제나 외모가 먼저였고 인기가 우선이었다.

내면으로부터 향기가 풍겨 나오는 남자를 만나고 싶었으나 그런 남자는 쉽게 나타나지 않았다.

그녀는 목석이 아니었다. 아직도 푸른 청춘이었고 사랑을 그리워하는 한 명의 아름다운 여자였다. 그랬기에 수시로 그가 생각났다. 가슴속에 조금씩 피어오르는 열기와 아픔을 동반한 채.

그의 매니저에게 들으니 그는 지금까지 한 번도 여자를 사귀어본 적이 없다고 들었다.

그녀를 바라보던 그의 눈빛은 언제나 다정했다. 영화에서도 현실에서도.

그런 눈빛을 가졌음에도 그녀에 대한 호감을 표현하지 못한 건 여자를 사귀어보지 못했기에 벌어진 일임에 분명했다.

그냥 그렇게 그를 보내고 싶지 않았다.

태어나 처음으로 가진 이성에 대한 호기심과 설렘을 바보같이 그냥 보낼 수는 없다.

*   *   *

'페이스'의 사무실로 들어서자 직원들이 반겨주는 게 몸으로 느껴졌다.

만나는 사람마다 웃어주었고 어떤 사람들은 영화 잘 봤다는 말을 스스럼없이 하며 인사를 해왔다.

인기란 이런 것인가.

단 한 번의 영화 촬영이었음에도 얼굴이 알려지고 회사에 도움이 되자 사람들의 태도가 확연하게 바뀌었다.

"도영 씨, 실장님이 기다리고 계세요."

여직원이 손으로 가리킨 곳은 대표실 옆쪽에 있는 사무실인데 인터폰으로 왔다는 소식을 전하자 윤철욱이 금방 사무실에서 모습을 드러냈다.

"왔냐?"

"예, 실장님. 늦어서 죄송합니다."

"죄송은 무슨. 들어가자 사장님이 기다리신다. 현탁이도 같이 들어가. 오늘은 할 말이 많으니까 현탁이도 들어야 해."

뒤로 물러나려던 서현탁이 그의 말을 듣고 의외라는 표정을 짓다가 금방 표정을 바꿨다.

윤철욱이 그렇게 말했다는 건 강도영의 매니저로서 자신역시 들어야 할 것이 있다는 걸 의미했다.

문을 열고 들어서자 럭셔리하게 꾸며져 있는 사장실이 눈으로 들어왔다.

이승환은 사무실 중앙에 놓여 있는 소파에 앉아서 서류를보다가 강도영이 들어서자 반가운 얼굴로 입을 열었다.

활짝 핀 웃음에서 그의 현재 상태가 느껴졌다.

"어서 와라. 넌 꼭 불러야 오냐? 사무실에 놀러 오면 얼마나좋아. 가끔가다 밥도 먹고 그럴 수도 있잖아."

"죄송합니다."

여기서도 그의 위치가 올라갔다는 게 나타났다.

사장실에 들어온 것은 이번이 세 번째였다.

페이스와 계약한 지 벌써 3년이 다 되어갔으니 일 년에 한 번 꼴로 들어온 셈이다.

그것도 처음에는 간단하게 인사나 하는 자리였기에 실제로 이승환과 대화를 나누는 건 두 번째였다.

밥을 먹는다고, 신인이 사장과 함께?

말도 안 되는 일이다. 영화를 찍기 전까지, 아니, 영화가 성공하기 전까지 그는 새까만 무명이었기에 사장을 만난다는 건 별을 따는 것처럼 힘든 일이었다.

이승환의 잘못이 아니라 사람 사는 게 그렇다.

사람이 살아가는 건 지위에 맞게, 상황에 맞게 행동할 수밖에 없다.

"자, 앉아라. 오늘은 너한테 할 말이 많다."

"예."

"점심은 유혁이하고 먹었다며?"

"갑자기 연락이 와서요. 대선배님이라 고맙게 나갔습니다. 실장님한테 전화 받기 전이었거든요."

"그럴 수 있지. 그래, 뭐라든?"

"유혁 선배님이 몇 달 후에 크랭크인하는 영화에 출연하신

답니다. 그 영화에 저를 쓰고 싶답니다."

"영화? 무슨 영화?"

"제목이 '히어로'라고 했습니다."

"김동혁 감독의 히어로!"

"예, 맞습니다. 김동혁 감독님이 메가폰을 잡는다고 하셨습니다."

이승환의 두 눈이 강도영의 대답을 들은 후 부릅떠졌다.

전혀 상상하지 못했던 상황.

그럼에도 그는 곧 침착함을 되찾고 강도영을 향해 무겁게 입을 열었다.

비록 유혁이 불렀다 해도 고작 조연에 불과할 것이다. 그렇다면 그가 지금 추진하고 있는 것에 비하면 아무것도 아니었다.

"그래서?"

"불러주시면 출연하겠다고 했습니다."

"네 맘대로 그런 대답을 했단 말이야? 회사와 아무런 상의도 없이?"

"그건……."

이승환의 목소리가 굳어졌다.

강도영의 처신이 마음에 안 든다는 신호였다.

회사에 소속된 배우들의 출연과 계약, 일정 등 모든 것은 회사가 관리하는 것이 불문율이었다.

물론 특급 스타들은 스스로 출연 여부를 결정하기도 하지만 대체적으로 소속사의 결정을 따르는 것이 관행이었다.

그 관행을 어기고 함부로 행동한 강도영의 처신은 이승환을 불쾌하게 만들기 충분했다.

하지만 그는 곧 표정을 풀고 말을 이어나갔다.

역시 노련하다. 영화계라는 정글을 20년 넘게 헤쳐 나온 늑대처럼 그는 강도영을 향해 쉽게 이빨을 드러내지 않았다.

"네가 아무것도 몰라서 그런 짓을 했다고 생각하겠다. 너는 페이스 소속이야. 너의 모든 것은 회사가 관리한다는 거 잊지 마라."

"죄송합니다. 저는 아무런 생각 없이……."

둔기로 머리를 때리는 것 같았다.

그의 말대로 몰라서 한 행동이었지만 막상 웃음을 머금고 있던 이승환이 표정을 구기며 말을 하자 당황함이 몰려왔다.

이승환이 강도영의 말을 끊은 것은 더 이상 이런 상황을 끌고 싶지 않았기 때문이다.

비록 실수가 있다 해도 강도영은 서서히 황금 알을 낳는 거위로 변해가고 있었다.

더군다나 강도영의 계약 기간 종료가 다가왔기 때문에 붙잡기 위해서는 채찍보다 달콤한 당근이 필요했다.

"됐어, 인마. 괜찮으니까 인상 펴라. 오늘은 좋은 일로 부른 거니까 웃으며 대화하자."

"예."

"널 부른 건 광고가 3개나 들어왔기 때문이야. 2개는 RPG 온라인 게임이고 1개는 맥주 광고다."

"정말입니까?"

"어떠냐, 선물로 괜찮지?"

"고맙습니다, 사장님."

강도영이 인사를 하는데 옆에 있던 서현탁이 더 좋아했다.

놈은 지가 먼저 사무실이 떠나갈 만큼 큰 소리로 고맙다며 거품을 물었다.

그 모습을 보며 이승환의 얼굴에서 미소가 진해졌다.

"조건도 좋다. 게임 광고가 5천씩이고 맥주 광고가 7천을 제시해 왔으니까 신인치고는 최상의 대우를 받은 거야. 이게 다 네가 영화를 잘 찍어서 그런 거다. 열심히 하는 사람은 보상을 받는 법이거든."

"열심히 하겠습니다."

"그리고… 더 중요한 게 있다."

"뭐죠?"

"TCN의 김성현 PD가 너를 보잔다. 그래서 내가 날짜를 잡겠다고 했다."

"그분이 왜 저를……."

"드라마 출연 때문이다. TCN에서 '태양의 전사'라는 드라마를 기획하고 있는데 너를 거기에 출연시킬 생각인 것 같다."

"아……."

이승환의 설명에 강도영이 입을 떠억 벌렸다.

광고가 3개나 들어왔다는 것도 믿기 힘들었는데 드라마까지 섭외가 들어왔다고 하자 정신이 다 멍해졌다.

"김성현은 히트 제조기라 불리는 TCN의 간판 PD다. 하지만 더 중요한 건 대본을 쓰는 게 이수현 작가라는 점이야. 그녀가 집필한 드라마의 시청률은 모두 30%를 넘었고 거기에 출연한 배우들은 전부 돈방석에 올라앉았다. 무슨 말인지 알겠지?"

"…예."

"그러니까 유혁이 만난 것은 깨끗하게 잊어. 빨리 만나게 해 달라고 하니까 김성현과 내일 만나는 거로 약속을 잡겠다. 예쁘게 단장하고 나와. 첫인상이 좋아야 하니까. 선물은 회사에서 준비해 놓을 테니 네가 헤어질 때 줘라."

"사장님……."

"왜?"

"저는… 드라마보다 영화를 찍고 싶습니다."

"뭐라고?"

"저한테는 영화가 더 맞는 것 같아서요."

"도영아, 왜 말귀를 못 알아들어. 영화에 출연하는 것보다 드라마에 출연하는 것이 훨씬 너에게 좋은 일이야. 성공한 드라마가 가지는 파괴력은 영화보다 몇 배나 크단 말이다. 신인인 너에게는 하늘이 주신 기회라고!"

"알고 있습니다."

"그런데 왜 그런 소리를 하는 거냐. 바보같이?"

"유혁 선배님은 저에게 히어로의 주인공인 강태산 역을 제시하셨어요. 그분이 말씀하시길 김동혁 감독님이 저를 직접 찍었다고 하셨습니다."

"뭐? 지금 뭐라고 그랬어… 그게 정말이냐!"

"회사와 상의하지 않은 건 제 실수지만 유혁 선배님께 출연하겠다는 약속을 했습니다. 그리고 무엇보다 저는 그 영화를 꼭 찍고 싶습니다."

"이런 씨발… 환장하겠네."

답답하다는 표정으로 강도영을 바라보던 이승환의 입에서 욕설이 튀어나왔다.

하지만 그건 윤철욱도 마찬가지였다.

그 역시 강도영의 대답을 들으면서 황당하다는 표정을 짓고 있다가 마지막 말을 듣고는 금방이라도 기절할 것처럼 표정이 변했다.

주인공이라고, 단순한 조연이 아니라?

황당함을 넘어 어이가 없는 소리였다.

그것도 찍었다 하면 천만을 가뿐히 넘는 천재 감독 김동혁이 만드는 영화였으니 이승환은 욕설만 내뱉고 더 이상 아무 말도 하지 못했다.

*　　　　*　　　　*

강도영과 서현탁을 내보낸 이승환은 아직도 멍한 얼굴로 앉아 있는 윤철욱을 향해 쓴웃음을 지었다.

"넋이 나갔냐?"

"휴우, 기가 막혀서 그래요."

"크크크, 이게 횡재를 한 건지 뭔지 도통 모르겠다. 김동혁이 저놈을 주인공으로 발탁하다니 도저히 믿겨지지 않아."

"사장님도 영화 보셨잖아요. 도영이가 만들어낸 액션 신은 지금까지 나온 영화 중에서 최고였어요. 오죽하면 싸가지 평론가로 불리는 김만후까지 인정했겠습니까. 더군다나 용의 칼이 죽었다 살아난 건 모두 도영이 덕분이라는 평가예요. 여자들이 도영이한테 완전히 뿅 갔다잖습니까."

"알고 있으니까 그만 떠들어."

"좋은 겁니까, 나쁜 겁니까?"

윤철욱이 퉁방을 주는 이승환을 향해 의문의 시선을 던졌다. 도대체 그의 표정이 어떤 기분을 나타내는 건지 알 수 없었기 때문이다.

대박을 보장하는 이수현이 집필하는 드라마라 해도 김동혁이 직접 메가폰을 잡는 영화의 주인공이라면 비교조차 할 수 없다.

당장은 유혁의 이야기에 불과해서 뭐라 확신할 수 없지만 강도영의 말처럼 주인공 역이 확실한 경우 김성현을 만날 필요조차 없었다.

그랬기에 강도영의 의견을 두말없이 받아들였다.

주인공 역을 맡았다 해도 유혁처럼 막대한 개런티가 보장되지는 않을 것이다.

하지만 예상대로 '히어로'가 대박을 터뜨린다면 강도영의 몸값은 어마어마하게 뛸 것이 분명했다.

갑과 을이 바뀌었다.

이런 상황이 되었는지도 모르고 함부로 유혁에게 출연하겠다는 말을 했다고 화난 표정을 지은 것이 후회돼서 미칠 지경이었다.

"걱정되어서 그런다. 당장 두 달 후가 계약 만료잖아. 저놈을 어떻게 해야 할지 머리가 지끈거려 미치겠어. 네 생각은 어때?"

"일단 흥행성은 보장되었습니다. 더군다나 도영이는 특히 여자들에게 인기가 커지고 있다고요. 여자들에게 인기가 많은 놈은 무조건 탑으로 뜨게 되어 있습니다."

"그래서?"

"일단 잡아야죠. 줄 만큼 주고 최상의 대우를 해줘야 한다고 생각합니다."

"그래도 싫다면?"

"도영이는 착한 놈입니다. 그동안 우리가 한 짓이 어쩔 수 없었던 거라 이해해 줄 겁니다."

"넌 참 속도 편하다."

"사장님, 신인은 원래 대접을 받지 못하는 게 이 세계의 룰입니다. 아니, 다른 곳도 마찬가지죠. 능력을 보여주지 못한 놈들에게 처음부터 최상의 대우를 해주는 곳이 어디 있겠습니까. 그래도 우리는 다른 곳보다 괜찮은 조건으로 도영이를 영입했어요. 불과 3년 만에 도영이가 뜬 건 개가 뜰 수 있는 여건을 우리가 만들어줬기 때문입니다."

"윤 실장, 재계약할 때도 그 소리 해봐라. 씨가 먹히나?"

"착한 놈이니까 개도 우리가 그동안 꽤나 신경 썼다는 걸 인정해 줄 겁니다. 무작정 좋은 조건 찾아서 떠날 놈이 아니란 뜻이죠."

"어린애 데리고 장난치듯 말하지 마. 이곳은 약육강식의 세계다. 식구라며 맨날 떠들어도 언젠가는 자신의 이익을 위해 미련 없이 떠나는 곳이란 말이다. 그런 논리로는 절대 도영이를 잡을 수 없어."

"그럼요?"

"네 말대로 도영이는 우리를 쉽게 떠나지 않을 거다. 하지만 우리도 걔의 가능성을 인정하고 최선을 다해줘야 해. 그렇지 않으면 두고두고 후회할 일이 생길지 몰라."

"어디까지 생각하고 계십니까?"

윤철욱이 끝끝내 궁금증을 참지 못하고 물었다.

연예계, 특히 배우들의 세계는 회사에 따라 신인인 경우 천차만별의 계약이 존재한다.

6:4, 7:3, 심지어 어떤 회사는 9:1이라는 노예 계약으로 신인들을 붙들어놓는 경우도 비일비재했다.

더군다나 계약 기간까지 10년 이상으로 묶어놓으며 신인들의 고혈을 뽑아 먹는 곳이 수두룩했다.

그에 비해 '페이스'에서는 5:5의 계약으로 3년 동안 강도영과 계약했으니 양심적이었고 괜찮은 조건이라 단언할 수 있었다.

그가 고민하고 있는 이승환을 향해 질문을 던진 것은 재계약 시의 비율을 얼마로 생각하는지 너무나 궁금했기 때문이다.

현재 조연급은 6:4, 스타급은 7:3, 톱스타급은 8:2가 페이스의 내부 방침이었으니 이승환의 선택에 따라 재계약시의 비율이 정해질 것이다.

윤철욱이 물었으나 이승환은 입술에 대고 깍지 낀 채 한동안 대답하지 않았다.

그가 고민할 때마다 늘 하는 버릇이었기 때문에 윤철욱은 더 이상 재촉하지 않고 가만히 기다려 주었다.

이승환의 입이 열린 것은 그의 엄지손가락이 입술에서 떨어졌을 때였다.

"윤 실장, 8:2로 가자."

"예?"

"그렇게 가."

"말도 안 됩니다, 사장님. 걔는 이제 영화 하나 찍었을 뿐이에요. 만약 이 소식을 다른 놈들이 알게 되면 가만있지 않을 겁니다. 심지어 강민경도 7:3인데 8:2라뇨. 그건 너무 나간 겁니다. 그 조건은 우리 회사에서 3명밖에 없단 말입니다."

"도영이 나이 이제 27살이다. 그놈은 군대도 다녀와서 걸리적거리는 게 하나도 없어. 무슨 뜻인지 알아?"

"압니다. 그래도 너무 커요."

"투자를 할 때는 확실히 하라고 했다. 어영부영 대충하다가 다른 놈들에게 빼앗기고 후회하는 바보 같은 짓을 해서는 안 돼. 그렇게 줘. 대신 비밀을 지켜달라고 부탁하는 거 잊지 마라. 네 말대로 다른 놈들이 알면 회사 분위기가 엉망될 테니까."

"음… 알았습니다."

"그리고 당장 익스프레스 새 걸로 하나 빼 와."

"도영이 주려고요?"

익스프레스 밴은 톱스타들이나 타고 다니는 승합차였다. 워낙 넓어서 잠도 자고 쉴 수도 있는 움직이는 호텔이었다.

그걸 이승환은 새로 뽑아서 가져오라는 말이었다.

"그래, 원래 줄 때는 화끈하게 주는 거다. 그리고 은경이도 다시 도영이 전담시켜. 현탁이는 정식 사원으로 등록시키고 프로테지 산정 방법으로 월급 준다고 그래. 의상은 물론이고 머리에서 발끝까지 지금부터 확실하게 관리해 주란 말이야."

"아이고!"

"절대 다른 곳에서 콜이 와도 흔들리지 않게 만들어야 해. 윤 실장이 단도리 잘해놔. 영화 출연이 결정되면 뒤도 돌아보지 말고 계약해 버려야 된다. 알았어?"

"이렇게 화끈하면서 왜 내 월급은 안 올려줘요?"

"쩝… 내 월급도 그대로다, 이것아!"

"그래도 사장님은 나보다 월급이 많잖아요."

"농담하지 말고, 바로 김동혁 감독하고 미팅 날짜 잡아. 내가 직접 강도영이를 데리고 가서 봐야겠다."

"김성현이는요?"

"걔는 내가 따로 만날 생각이다. 지금은 영화가 우선이지만 김성현이를 열 받게 할 필요는 없어. 진짜 이수현이 도영이를 염두에 두었다면 언젠가는 다시 부를 거다. 그때를 생각해서라도 밑밥을 충분히 뿌려놔야지."

"좋은 생각이십니다."

"그놈 골프 좋아하니까 티셔츠하고 바지 하나 준비해 놔. 최고급으로 백화점에서 사. 언제든 맘에 안 들면 바꿔서 입을 수 있도록. 사이즈 알지?"

"압니다."

*　　　　*　　　　*

이승환이 직접 승용차에 태워 김동혁 감독을 만나러 간 것은 그로부터 이틀 후였다.

만나자는 요청에 김동혁 감독은 흔쾌히 응했는데 너무 쉬워서 오히려 얼떨떨할 지경이었다.

김동혁 감독은 영화계에서 알아줄 정도로 까칠해서 엔터테인먼트의 사장이나 광고 회사, 기자들과도 쉽게 만나주지 않는 것으로 유명했다.

그는 이승환의 요청을 받고 약속 장소로 자신의 집을 선택했다.

근사한 일식집으로 모셔서 대접을 해야겠다고 생각했던 이승환으로서는 달가운 장소가 아니었으나 그의 제안을 거부할 수는 없었다.

약속 시간에 맞춰 집으로 들어서자 김동혁이 직접 문을 열고 마중을 나왔다.

번쩍 빛나는 그의 시선.

강도영을 바라보는 그의 시선에 담긴 것은 탐색이 아니라 욕심이었다.

거실에는 술상이 차려져 있었고 유혁이 자리를 같이하고 있었다.

아마 김동혁이 불렀던 모양이다.

그를 보고 김동혁에게 했던 것처럼 강도영이 정중하게 허리를 숙이자 호탕한 웃음이 터져 나왔다.

"아주 절을 하지 그러냐. 인마, 나한테 그렇게 하지 마라. 내가 영감이 된 것 같잖아."

만나자마자 농담을 건네 왔다.

그는 전에 만났을 때 강도영과 술을 다섯 병이나 나눠 마셨는데 끝끝내 옷깃 하나 흐뜨리지 않고 자세를 유지했던 강도영을 향해 아직 젊어서 그런가 술이 세다며 부러움을 숨기지 않았다.

이승환은 그런 유혁에게 가볍게 고개를 까딱해서 인사를 나눈 후 강도영과 함께 자리에 앉았다.

"초대해 주셔서 감사합니다."

"별말씀을요. 오히려 내가 고맙다고 해야죠. 이 친구를 데려온 건 우리 영화에 출연시키겠다는 거잖아요."

"허허허… 그렇죠."

"자, 자, 이왕 오셨으니 오늘은 편하게 한잔하면서 이야기를 합시다."

김동혁이 여유 있게 웃는 이승환의 얼굴을 바라본 후 발렌타인 30년을 땄다.

그는 언제나 중요한 손님이 오면 발렌타인 30년을 꺼내놓는데 그가 가장 좋아하고 아끼는 술이었다.

술잔이 돌고 안주로 나와 있던 치즈 과자와 땅콩이 반쯤 없어졌을 때 사소한 이야기로 시간을 보내던 김동혁이 본론을 꺼냈다.

"직접 보니까 더욱 탐이 나는군요. 사장님은 이런 보물을 어디서 얻으셨습니까?"

"우연히 얻었습니다. 저희 집사람이 연극을 좋아하는데 도영이를 보고 와서 침을 튀기며 칭찬을 하더군요. 그래서 실장한테 직접 가서 데려오라고 했습니다."

"허허, 그런 일이 있었군요."

"우연이기도 하지만 인연인 것 같습니다. 그렇지 않았다면 제가 도영이를 얻었겠습니까. 저희 회사에는 수많은 신인 배우가 문을 두드리지만 지금까지 신인을 영입한 건 5명뿐입니다. 회사에서 직접 데려온 건 도영이가 유일하지요."

"인연 맞는 것 같습니다. 그리고 사장님 보는 눈도 대단하고요. 저 역시 영화감독을 하면서 많은 배우를 봤지만 도영이처럼 괜찮은 친구는 처음 봅니다. 이 친구의 표정 연기는 나이에 비해 성숙해서 많은 배역에 어울릴 수 있을 것 같습니다."

"좋게 봐주셔서 감사합니다."

이승환이 웃음을 머금고 고개를 숙여 인사를 했다.

김동혁의 발언 수위가 이렇게 높을 줄은 몰랐다.

냉철하고도 치밀하며 배우들 다루는 데 누구보다 싸늘했던 김동혁이 이렇게까지 강도영을 높이 평가한다는 건 정말 마음에 쏙 들었다는 뜻이다.

"그런데 감독님……."

"말씀하시죠."

"도영이가 유혁 씨를 만나고 와서 감독님이 준비하고 있는 히어로의 주인공 역을 맡으라고 하셨다던데요. 정말입니까?"

"그렇습니다."

"음… 그렇다면 대우는 어느 정도 생각하고 계신지 물어봐도 될까요?"

"돈이 중요한가요?"

"저는 사업하는 사람입니다. 도영이는 당연히 감독님과 작품 하고 싶어 하겠지만 저는 도영이를 관리하는 입장에서 제대로 된 대우를 받아줘야 하는 책임이 있거든요. 주인공 역을 맡는다고 해서 제대로 된 계약을 하지 못한다면 제가 얼굴을 들 수 없습니다."

"사장님 입장은 그렇겠군요. 그렇다면 어느 정도를 생각하고 계십니까?"

"용의 칼이 끝나고 도영이한테는 3개의 광고가 들어왔습니다. 전부 합해서 몸값이 1억 2천이죠. 하지만 진짜 문제는 그게 아니라 텔레비전 드라마 섭외가 들어왔다는 것입니다. 감독님도 아시겠지만 이수현 작가가 집필하는 태양의 전사라는 드라마입니다."

"허어… 그런 일이 있었나요?"

"제가 알기로 히어로의 크랭크인이 다섯 달 후라면서요. 태양의 전사도 그쯤 됩니다."

이승환이 지그시 김동혁을 바라보았다.

배우에 대한 개런티는 제작사가 부담하게 되어 있다.

하지만 이승환이 김동혁에게 이런 이야기를 말하는 건 그가 배우를 섭외하겠다고 마음먹으면 제작사가 꼼짝하지 못하기 때문이었다.

다시 말해 김동혁이 배우의 몸값을 좌지우지할 수 있다는 뜻이었다.

"영화 한 편 찍고 몸값이 엄청 뛴 모양입니다. 그러니까 그에 상응하는 액수를 제시해 달라는 것으로 들리는데 맞습니까?"

"툭 까놓고 말씀드리면 그렇습니다. 도영이는 충분히 그럴

만한 가치가 있다고 생각합니다."

이승환은 버텼다.

김동혁 감독의 영화에 주인공으로 출연하는 순간 강도영의 출세가 보장되었으나 그는 사업가답게 모든 순간 순순히 물러나지 않았다.

'페이스'만 이익을 보는 게 아니다.

강도영을 김동혁이 탐냈다는 건 '히어로' 쪽도 그만큼 이익이 있다는 계산이었다.

그랬기에 이승환은 웃음 속에서 눈을 빛내며 김동혁의 얼굴에서 시선을 거두지 않았다.

하지만 김동혁도 절대 만만한 사람이 아니었다.

"나는 감독입니다. 감독은 배우의 개런티 때문에 마음에 드는 사람을 놓치고 싶어 하지 않습니다. 그러나 다른 측면에서 본다면 감독도 사업가죠. 무조건 마음에 든다고 신인한테 높은 개런티를 준다면 회사가 날 뭘로 보겠습니까?"

"다시 말씀드리지만 도영이를 필요로 하는 곳은 많습니다. 감독님께서 도영이를 원하신다면 그만한 보상을 해주시길 바랍니다."

"아까 광고 출연으로 1억 2천이라고 했죠?"

"그렇습니다."

"드라마 출연도 예정되어 있고요?"

"저는 거짓말을 하지 않습니다. 도영이를 이수현 작가가 원하고 있으니 출연은 확정된 거나 다름없습니다."

뻥이다. 그러나 이승환은 독하게 버텼다.

그러자 김동혁의 얼굴에서 쓴웃음이 배어 나왔다.

"좋습니다. 나는 저놈을 꼭 출연시키고 싶으니까 모두 합해 2억을 주겠소. 대신… 광고는 찍을 수 없습니다."

"그게 무슨 말씀이시죠?"

"히어로의 주인공 강태산은 카리스마가 풀풀 넘치는 형사역입니다. 그만큼 액션 신이 많아서 상당 기간 준비가 필요합니다. 나는 도영이가 용의 칼 액션 신을 찍기 위해 다섯 달이나 훈련했다는 소릴 들었습니다. 도영이가 마음에 들었던 것은 그런 정성과 배우로서의 자질 때문이에요."

"그건……."

"결정하세요. 내 제의가 마음에 들지 않는다면 지금 당장 일어서서 나가도 말리지 않겠소."

김동혁의 시선이 뜨겁게 변한 건 오래전이었고 결코 더 이상 협상이 없다는 의지도 가득 담겨 있었다.

2억이라.

신인에 불과한 강도영이 주인공을 맡는 것도 기가 찰 노릇인데 2억이란 개런티를 부를 줄은 꿈에도 생각지 못했다.

그러나 이승환은 금방 답하지 않았다.

이미 마음속에는 결정이 나 있었지만 이렇게 쉽게 물러선다는 건 강도영을 위해서도 페이스를 위해서도 결코 좋은 일이 아니기 때문이다.

그랬기에 그는 한동안 고민하는 척하다가 천천히 입을 열었다.

"감독님의 의견에 따르겠습니다. 만약 다른 영화였다면 우린 드라마를 선택했겠지만 감독님의 영화라는 것 하나로 우리의 이익을 모두 버리겠습니다. 대신 저도 한 가지 부탁드리겠습니다. 우리 도영이, 지상에서 최고로 멋지게 찍어주십시오. 저 역시 영화 촬영에 지장이 없도록 최대한 도울 테니 그렇게 될 수 있도록 잘 부탁드립니다."

"나는 김동혁입니다."

그 말로 모든 대답이 끝났다. 김동혁이라는 살아 있는 전설.

스스로 자신의 이름을 말하는 것으로 대답을 대신하는 그의 자신감은 누구도 따라올 수 없는 그의 능력에서 비롯된 것이 분명했다.

그리고 그는 조용히 앉아 있다가 이승환을 따라 일어서는 강도영의 손을 잡으며 던진 한마디로 모든 것을 설명했다.

"도영아, 액션 스쿨은 코리아에 맡기겠다. 계약이 끝나는 대로 준비를 시작해. 내가 너를 대한민국 최고의 스타로 만들어주마."

고개를 숙였다. 그를 향해 최대한의 존경과 진심의 감사와
함께.

이런 것이 인연인가.

인연은 바람처럼 다가온다고 하더니 이승환을 만난 것도,
김동혁을 만난 것도, 그리고 유혁을 만난 것도 바람처럼 다가
온 인연이 분명했다.

『스크린의 별』 4권에 계속…

초대형 24시 만화방

신간 100%, 샤워실, 흡연실, 수면실(침대석), 커플석, 세탁기 완비

▪ 시흥 정왕25시점 ▪

경기 시흥시 정왕동 1742-13 미스터피자 건물 5층
031) 319-5629

▪ 강북 노원역점 ▪

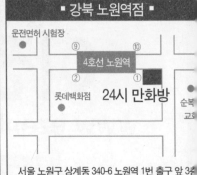

서울 노원구 상계동 340-6 노원역 1번 출구 앞 3층
02) 951-8324 (화용빌딩 3층)

▪ 일산 정발산역점 ▪

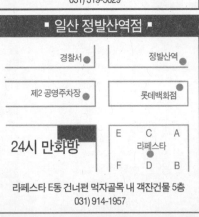

라페스타 E동 건너편 먹자골목 내 객잔건물 5층
031) 914-1957

▪ 일산 화정역점 ▪

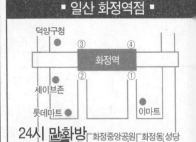

경기도 고양시 덕양구 화정동 984번지 서일빌딩 7층
031) 979-4874 (서일사우나 건물 7층)

▪ 부천 역곡역점 ▪

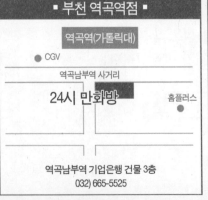

역곡남부역 기업은행 건물 3층
032) 665-5525

▪ 부평역점 ▪

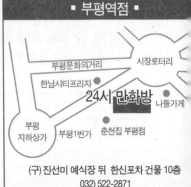

(구)진선미 예식장 뒤 한신포차 건물 10층
032) 522-2871

아우스

마도 시대의 시작

FUSION FANTASTIC STORY

강준현 장편소설

여덟 번의 죽음을 겪었고, 아홉 번의 삶을 살았다.
그리고 열 번째,
난 노예 소년 아우스로 환생했다.

푸줏간집 아들, 고아, 불량배, 서커스단원, 남작의 시동 등…
아홉 번의 삶을 산 나는 참으로 운이 없었다.

나는 더 이상 과거의 내가 아니다!
내가 꿈꾸던 새로운 삶을 살 것이다!

Book Publishing CHUNGEORAM

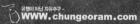